맨드라미 프로포즈

맨드라미 프로포즈

글·사진 | 송숙
발행인 | 신중현

초판 발행 | 2019년 2월 10일

펴 낸 곳 | 도서출판 학이사
출판등록 | 제25100-2005-28호
　　　　　대구광역시 달서구 문화회관11안길 22-1(장동)
　　　　　전화_(053) 554-3431, 3432　팩시밀리_(053) 554-3433
　　　　　홈페이지_http://www.학이사.kr
　　　　　이메일_hes3431@naver.com

이 도서의 국립중앙도서관 출판예정도서목록(CIP)은 서지정보유통지원시스템
홈페이지와 국가자료공동목록시스템(http://www.nl.go.kr/kolisnet)에서 이용
하실 수 있습니다.(CIP제어번호: CIP2019004069)

ISBN_979-11-5854-173-6　03810

쑥국 선생님의 유쾌발랄 교실 이야기

맨드라미 프로포즈

글·사진 | 송숙

學而思 | 학이사

저희 교실 옆엔 옥상이 있어요. 건물과 건물 사이를 잇는 길쭉한 직사각형 모양의 옥상이요. 그곳을 화단으로 만들고 싶었던 저는 잠겨 있던 문을 열고 작년 아이들과 함께 심고 길렀던 양파와 쪽파, 그리고 무궁화 화분을 옮겨두었습니다.

아직 볼 것도 별로 없고 제대로 갖춰지지도 않은 화단이었지만 우리 반 화단이 생겼다는 것에 아이들은 설레어했어요. 그런 아이들이 예뻐서 저는 흙과 거름과 화분과 꽃과 채소 모종을 부지런히 사다 날랐지요. 때로는 시골에 가서 흙을 퍼오기도 하고 들판에 지천으로 널린 개불알풀과 광대나물, 꽃마리, 애기똥풀, 봄맞이꽃을 모셔오기도 했습니다. 우리 들녘에서 자라는 들꽃도 보여주고 싶었거든요. 아이들은 흙을 나르는 일도 화분을 나르는 일도 재밌어했어요. 평소 해보지 못한 일들이었다나요? ^^

우리는 화단에 이름도 지어줬어요. 한쪽 벽엔 커다란 에어컨 실외기가 다섯 대 있고, 식생활관 환풍기가 나 있어 들들들 소음을 내며 바람이 나오고. 해가 늦게 뜨고 빨리 지고, 오후만 되면 건물 사이를 지나는 바람이 할퀴고 가는 곳이지만 식물을 기를 수 있다는 것만으로도 더없이 고마운 우리들의 공간. 우리는 그곳을 '시똥누기 화단'

으로 부르기로 했어요. 시똥을 누는 아이들이 가꾸는 화단이니까요.^^ 화단에 꽃을 심자 신기하게도 곤충이 날아왔고(3층인데도 말이죠!) 우리는 그 작은 생명들이 궁금해 도감을 찾아보며 공부도 했어요. 참 즐거운 공부였어요.

화단이 저희에게 준 게 너무도 많아요. 좁은 교실에서 수업을 받다 쉬는 시간이 되면 아이들도 저도 발길이 저절로 화단으로 향했어요. 화단에 나가면 왠지 모르게 마음이 편안해지고 숨통이 트이는 것 같았거든요. 초록의 식물들이 주는 위로가 대단했어요.

『맨드라미 프로포즈』는 3학년 5반 26명의 아이들과 제가 화단을 가꾸며 한 해를 보낸 기록이 담긴 책이에요. 처음부터 책을 내기 위해 기록을 했던 것은 아니었어요. 그저 아이들과의 일상을 기억하고 싶어서, 기록하는 걸 좋아해서 써두었던 것인데 모아보니 한 권의 책이 되었네요.

밤사이 변화된 식물들의 모습에 신기해하던 눈빛들, 새로운 곤충이라도 나타나면 쪼르르 달려와 제게 알려주던 아이들의 상기된 표정들, 쫑알거리던 입술들, 화단에서 나누었던 수많은 이야기들, 초록의 생명들과 함께 환히 웃던 아이들의 건강한 웃음을 이 기록을 통해 오래오래 기억하게 되겠지요.

2019년 새봄에
송숙

차례

차례

차례

이 책을 읽기 전에

· 말맛을 살리기 위해 현행 맞춤법에 맞추어 수정하지 않은 부분도
  있습니다.
· 전라도 사투리의 멋을 살리기 위해 표준어로 고치지 않은 부분도
  있습니다.

개학 준비

서향이 있는 집이 늘 부러웠는데 오늘 우
연히 대야장에 들렀다가 샀다. 눈이 번뜩
뜨였다. 그래서 제일 비싼 걸로, 풍성한
걸로 골랐다. 바로 학교 가서 룰루랄라
심고 일 마치고 교실을 나서는데 사르르
향기가….
기분 좋았다.

미친 듯 바람 부는 삼일절

새 학기 풍경

1.

긴장되는 마음으로 교실을 향해 걸어가는데 작년 우리 반 다영이를 만났다. 큰 키로 긴 두 팔을 벌리며 특유의 어리광 어린 목소리로

"선생님~ 보고 싶었어요. 그동안 선생님한테 전화하고 싶었는데 왠지… 못했어요…"

"그랬어? 하지. ㅎ 몇 반이야?"

"5학년 7반요."

"오, ㅎㅎ 우리 반 맞은편이네~^^"

"진짜요? 와… ㅎ"

2.

교실에 들어가 아이들을 기다리는데 찌끄만 여자아이 하나가 "송숙 선생님!" 하며 명랑한 얼굴로 들어온다. 하하. 새 학기 첫날. 내 이름을 이렇게 씩씩하게 부르며 들어오는 아이는 처음 봤다.

3.

진우 1학년 때 친구였던 예지 동생, 예은이가 우리 반 됐다. 작년에

세은이 무용 공연하는 거 보러갔을 때 예지랑 예은이가 내 옆에 앉 았었다. 그때 처음 봤던 아이다. 예지는 얌전히 앉아 보는 반면 예은 이는 흥에 겨워 몸을 들썩들썩 흔들흔들, 양손을 휘휘 지휘해 가며 공연을 봤는데 그게 아주 맘에 들었다.

ㅎ 표정이 살아있고 눈빛이 빛난다. 예쁘다.

4.

"선생님. 저 유빈이 누나 동생이에요."

"와. 그러고 보니 유빈이랑 똑같네."

"선생님. 도민 오빠 알아요?"

"오. 도민이 동생이구나, 까무잡잡한 것도 눈도 닮았다.^^"

"선생님. 송선규 형이 우리 형이에요."

"응. ㅎ 말 안 해도 알겠어. 입술이 똑같네. ㅎ"

우리 반에 작년 아이들 동생이 3명이나 들어왔다.^^

5.

민채가 학교 오다가 넘어져 입에서 피가 나 엄마랑 병원 다녀왔다. 그 탓인지 자기 소개하는데도 시무룩해서는 말을 안 해 걱정했는데 밥 먹으러 갈 때 되니 환하게 웃으며 말을 건다.

민채 웃는 얼굴을 보니 내 마음이 환해진다. 다행이다.

6.

아이들 질문을 받으며 내 소개를 하는데 무슨 음식을 좋아하느냐는 질문을 받았다.

"응. 선생님은 맛있는 게 너무 많아서…ㅎ 선생님은 먹는 거 좋아해 ^^"

여기까지 말하니 1분단 뒤쪽에서 통통한 몸매의 주형이가 살 때문에 위로 치켜 올라간 눈에 웃음을 가득 머금고는 "나둔데~" 한다. ㅎㅎ행복해 보이는 그 표정에 한 번 웃고,

이젠 애들 소개할 차례. 오늘은 첫날이니까 자기 이름과 친구들에게 꼭 소개하고 싶은 것 한두 가지만 적은 뒤 발표하자 하고는 A4용지를 4등분하여 나누어주었다. 그런데 주형이가 더 써야한다고 종이를 달란다. 뒷장에 쓰라고 했다. 그런데 뒷장을 다 쓰고도 종이를 또 달란다. 그런데 그게 끝이 아니다. 또 달란다. 아니, 도대체 무슨 쓸 말이 그리 많아서? 의아해하며 어쨌든 줬는데 드디어 주형이 차례. 두둥~

"안녕. 내 이름은 주형이야. 내가 좋아하는 것은 레고랑 공룡이고 좋아하는 음식은 김치, 라면, 부대찌개, 김치전, 동그랑땡, 삼각김밥, 김치볶음밥, 쫄면, 냉면, 치킨, 피자, 돼지고기, 소고기, 삼겹살. 소세지, 스테이크, 닭꼬치, 떡꼬치, 떡국, 미역국, 김치국, 떡볶이,

오뎅, 순데(이렇게 썼음), 어묵, 오뎅국, 겨란 샌두위치, 새러드, 코나물국밥, 순데국밥, 소기무국(마음이 급했는지 '고' 자를 빼먹었다.) 닭무국, 순데꼬치, 김치꼬치, 소세지꼬치, 계란찜, 빵, 치즈, 수프, 와플, 크림스파게티, 크림파스타, 돈까스, 탕수육, 짬뽕, 짜장면, 우동, 밥, 메추리알…"

세상에, 좋아하는 음식을 끝도 없이 읽어 내려가는 거다.
듣다 지친 아이들
"야아, 그만 해에에~~"
ㅎㅎㅎ

서향을 산 건 정말 잘한 일이다.
교실 문을 열 때마다 느껴지는 은은한 향이
얼마나 좋은지. 아이들 코가 저절로 발름발름.^^
그래. 향기를 맡을 땐 그렇게 눈을 지그시 감고…^^

18

개구쟁이들이 우리 반에 총 집합했어요

방과 후, 아이가 놓고 간 교과서를 가지러온 학부모님 두 분을 하루 간격으로 보았다. 그런데 이 일을 우얄꼬. 두 분 왈.

"선생님 어떡해요. 이름난 개구쟁이들이 우리 반에 총 집합했어요. 흥흥흥~"

뜨헉…ㅎ 어쩐지 이상하게 틈만 나면 난리더라…ㅠ

그래도 생기 없는 것보단 좋아. 내가 애들한테 적응되거나

애들이 달라지거나… 하겠지.ㅠ

시똥누기 화단

오늘 아침 늦잠 자서 양말 신는 것도 잊고 출근했다.
체육시간에 기구 가지러 강당 갔다가 웃으며 말하니 오잉?
체육 선생님께서 새 양말을 주셨다. 두 배로 갚으라는 말과 함께. ㅎ

국어시간에 「으악, 도깨비다!」를 읽었다.
난 실감나게 읽는 걸 좋아해서 구연하듯 읽는데, 내가 그렇게 읽으면 아이들도 그렇게 읽으려고 한다. 귀엽다. 돌아가며 읽는데 자기 안 시키고 다른 애 시킬 때마다 여기저기서 장탄식을…ㅎ 진타이기 매번 애절한 눈빛으로 팔이 빠져라 손을 들기에 시켰더니 글쎄, 시켜줄까 안 시켜줄까에만 신경 쓴 나머지 어디 읽는지를 까먹어서 아쉽게 다른 친구에게 돌아갔다. ㅋㅋㅋ

점심 때 옥상 문을 열고 개구리 알과 도룡뇽 알 면회를 갔다.
개구리 알은 그대로인데 도룡뇽 알이 길쭉해졌다. 와, 조금 있으면 알집 속에서 꼬물~꼬물~하겠다. 거머리는 여전히 물속에서 웨이브 춤을 추고 플라나리아는 낙엽 밑으로 숨었는지 안 보인다. 물달팽이는 수면에 붙어 떠다닌다. 이번 주 일요일엔 얘네들 고향에 가서 도

랑물 듬뿍 떠오고 낙엽도 더 건져와 넓은 수조로 이사시켜야겠다.

5교시 시똥누기 시간,

교실 들어가 재밌는 시 함께 읽고 시똥누기 하는데 아이들이 옥상에서 누고 싶단다. 아직 정리가 하나도 안 된 상태라 조금 거시기한데 아이들은 그래도 좋단다. 화분엔 시든 꽃, 쪽파랑 양파, 천리향밖에 볼 게 없는데도 너무 좋단다. ㅎ 빨리 바쁜 일이 끝나고 아이들과 씨도 심고 모종도 심고 싶다.

우리는 옥상화단을 앞으로 '시똥누기 화단'으로 부르기로 했다.

그랬더니 글쎄, 발 빠르고 센스 있는 아이들이 종이에 저렇게 그리고 써서 화단 문에 붙여 놨다. 하하. 나보다 낫다. 그런데 누구 작품이지? 5교시에 하도 정신없어서 물어보지도 못했네.^^;;

더 작은 건 얼만 하다는 거야?

학교 나들이하는데 아이들이 발 밑에 작은 꽃을 발견하곤 이름을 묻는다. 기특하기도 하지.^^ 그래서 나는 목소리를 점잖게 빼고 말했다.

"이것은 말이지. '큰개불알풀' 이라고 하느니라. 큰개불알푸울~"

'어, 이상하다? 내가 이렇게 말하면 아이들이 깔깔깔 웃어야하는데 왜 표정 변화가 없지? '큰개불알' 이라는 말이 안 웃긴가?' 하고 있는데 남자애 하나가 말했다.

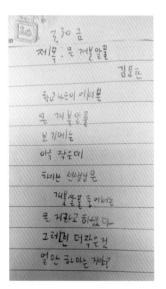

"하나도 안 큰데요?"

어쩜. 우리 진우 어렸을 때 했던 말과 똑같은 말을 할까? 나는 우습기도 하고 사랑스럽기도 해서 하하 웃고는 '개불알풀' 도 있는데 '개불알풀' 보다 키도 크고 꽃도 커서 '큰개불알풀' 이라고 한다고 설명해줬다.

우리 문찬이는 내 말을 듣고는 저게 내내 궁금했나 보다. ㅎ '큰' 자가 붙은 이유를 확실히 알게 해줘야 하는데… 어디 보자… 학교에 '개불알풀' 이 있나 찾아봐야겠다.

22

목련꽃과 아이들

"애들아, 아침에 목련꽃 핀
거 봤어?
울 학교 운동장에 있는 목
련 말야. 키 작은 나무에 핀
거. 많이는 안 달렸지만 넘
이쁘지 않니? 꽃봉오리 때는 촛불 같고 벙긋 피면 꼭 눈덩이 같아.
ㅎ 아직 못 본 친구는 점심 먹고 봐봐. 아니면 집에 갈 때 봐도 좋고.
혹시 꽃잎 떨어진 게 있으면 뾰족한 걸로 그림도 그려봐. 꽃잎이 꼭
흰 도화지 같잖아.^^"
그렇게 시작한 금요일.
점심 먹고 교실에 오니 내 책상 위에 '3-5반 쑥국쌤'이 새겨진 뭔가
가 놓여있다. 처음엔 목련 꽃잎인 줄 모르고 뭐지? 했는데 알고 보
니 목련 꽃잎이다. 물어보니 다연이 작품.
조금 있으니 라현이와 혜린이가 목련 꽃잎으로 유령을 만들었다고
가져온다.ㅎ 귀여운 유령이네. 또 있으니 성훈이가 바람에 벚꽃이
우수수 떨어졌다며 벚꽃 다발을 가져왔다. 참 아름다운 아이들이다.

민아와 종이컵 흙

수업 마친 후 오전에 아이들이 심었던 옥수수 중 엉성하게 심긴 것을 다시 심고 있는데 5학년 예은이랑 유빈이가 찾아왔다. "작년 생각하며 심어볼래?" 했더니 고개를 끄덕끄덕하기에 같이 심다 가고, 우리 반 작고 귀여운 민아가 방과 후 수업을 마치고 왔다. 혼잣말로 맨흙이 있음 좋겠다 했는데 민아가 그 말을 듣고는 흙을 퍼오겠단다.

"어디서?"
"학교에서요."
"ㅎㅎ놔둬, 민아 이제 집에 가야지."

했는데 쪼르르 나간다. 비닐봉지도 없이 어디다 퍼오려고 저렇게 가지? 하고는 화단 정리를 하고 있는데 한참 후 돌아온 민아 손에 흙 두 컵. ㅎㅎ 정수기 옆에 설치된 작은 종이컵에다 퍼온 거다.
너무 웃기고 귀엽고 갸륵하고…ㅎㅎ
나는 너무도 소중한 저 흙을 옥수수 화분에다 솔솔솔 뿌려주었다.

우리 민아는 그 후로도 오랫동안 화단을 구석구석 쓸다 갔다.

민아가 구해온 종이컵 흙

우리가 만든 이름표

미술시간에, 시간이 모자란 친구들이 태반이어서 40분을 더 주었는데 일찍 끝낸 다연이와 소은이가 도화지로 식물 이름표를 만들었다. 아침에 같이 화단을 둘러보며 식물 이름을 적을 팻말이 다 떨어져서 사야겠다 했더니 직접 만들기에 나선 것이다.

종이로만 하면 비에 젖으니까 테이프로 코팅까지 했다며 보여준다.

오메 이쁜 것들. 그림까지 그려놨네.

너희들은 어쩜 이렇게 기특하고 솜씨가 좋으니?

친구들이 미술작품을 마무리하는 사이, 다 끝낸 아이들은 화단에 나가 철푸덕 앉거나 엎드린 채 봄 햇살 받으며 팻말을 만들고 화분에 꽂아주었다. 마지막으로 깨끗한 A4용지를 달라던 소은이.

"뭐하려고?" 물으니 빙긋이 웃으며 비밀이라더니 저렇게 화단 입구를 꾸며 놨다. 또 마지막으로 도서관에서 식물 관련 책 세 권을 빌렸다며 자랑하고 집에 갔다.

와우. 우리 반에서 식물 박사 나오게 생겼다. ㅎ

밖에 자주 나가고 싶어요

와, 우리 서연이 예쁘다.
사진 찍어줄게. 예은이도
같이 찍자.^^

말없이 조용한 서연이가 제게 먼저 말을 걸어주는 때가 나들이 때
이고 시똥누기 화단에 있을 때예요. 오늘은 운동회 때 나갈 계주 선
수를 뽑고 10분 정도 시간이 남길래 자유시간을 주었는데 철쭉꽃을
귀에 꽂고 "선생님~" 하면서 나타났어요.
그래서 전 앞으로도 서연이와 교실 밖을 자주 나가고 싶어요.^^

애기똥풀 심어서 좋았다

어제 조롱박 모종을 사서 기뻤다.

어제 봄맞이꽃을 심어서 좋았다.

어제 둥글레를 심어서 좋았다.

어제 애기똥풀을 심어서 좋았다.

그 애기똥풀이 오늘 한 송이 꽃을 피워서 좋았다.

애기똥풀을 심으며 이렇게나 좋아하는 내가 웃겨서 웃었다.

옷에 노란 똥물이 묻었어도 좋았다.

세상 오래 살고 볼 일이라고 생각하며 또 웃었다.

참, 어제 해바라기 심을

큰 화분 세 개를

오천 원 주고 산 것도 좋았다.

(중고 화분ㅎ)

시똥누기 화단에 모셔온
애기똥풀

며칠 후 고개 들기 시작하는 해바라기
해바라기야, 힘내!

해바라기 심은 날
- - - - - - - - - - - - - - -

작년 아이들과 까먹고 남겨둔 해바라기 씨.

시골 갔을 때 따왔던 해바라기에서 받은 씨다.

나보다 키도 크고 얼굴도 넉넉하던 해바라기.

씨앗은 길쭉하기보단 동글 통통.^^

오늘 청소시간에 심었다.

한 아이가 하나씩 차례차례. 아이들 수 + 2만큼 심었다.

다 깨어날까? 아, 기대된다. ♥

샘 힘들었다, 이놈들아

어이고 피곤해.

애들 데리고 버스 타러 갔더니 기사가 아침에 사표 냈다고 버스가 30분이나 늦게 오질 않나, 서서 기다리는 와중에 두 놈이 싸움 한판 하고 울지를 않나, 도시락에 개미 들어가서 밥 못 먹겠다고 엄마한 테 전화하며 꺼이꺼이 울지를 않나, 멀미하는 놈들, 차에서 앞뒤로 말씨름하는 놈들, 안전벨트 풀고 뒤돌아보는 놈들, 이르는 놈들… 이놈들 때문에 죽사발 되어 돌아와 공문 처리하고 일 보고 좀 전에 야 들어왔다. 휴… 요놈들 한 학년 어리니 귀엽고 이쁘긴헌디….

현장체험학습 간 날.
광주과학관. 취재열기 뜨거운
현장 "찰칵찰칵~ 쑥국 샘,
저희와 현장체험학습 다녀온
소감 한 말씀 해주시죠!"
"쌤 힘들었다~~~ 이놈들아
~~~"

나팔꽃

나비가 땅속에서 쑤욱

날개 끝에 까만 껍질 붙이고
나팔나팔 나비가 쑤욱 솟아났어요.ㅎ

해바라기가 너무 궁금해서

"얘들아, 해바라기 만지지는 말고 보기만 해야 돼.

만지면 스트레스 받아서 못 큰다. 알았찌~!"라고 여러 번 말했건만

다른 씨앗 다 나오는데 자기가 심은 씨앗은 뭣 허느라 안 나오는지

궁금해 파보는 놈,

놔두면 스스로 알아서 껍질 벗을텐데 굳이 껍질을 벗겨 주는 놈,

이제 막 고개 들려는 놈 밑이 어찌케 생겼나 궁금해 뽑아보는 놈.ㅠ

휴. 이놈들! 하고 혼을 냈지만

얼마나 궁금했으면 그랬을까 싶어서 또 웃음도 나는.^^

얘들아, 개구쟁이들 등쌀 잘 이겨내고 강하게 커야 헌다. 알겠지?^^

부스스 일어나는 해바라기들

그만 사자

해바라기 심을 화분 세 개, 분꽃 심을 화분 세 개, 접시꽃 심을 화분
두 개, 오이, 호박, 고추, 토마토 모종, 채소 화분 두 개, 흙 네 푸대
싣고 덜덜덜 집으로 오며 든 생각.
이제 종묘사 가지 말자. 꽃집도 가지 말자.
화분도 제발 그만 사자 쑥국아….

어제 산 신기한 병솔나무.
사진으로만 보던 것이 꽃집 가니 있더라구.^^
주먹처럼 마구 뭉쳐진 빨간 수술이 다 나오면
병 씻는 솔 같아서 병솔나무야.

우리 둘 다 등치있는 애들이당

주말에 고기 먹을 계획 있다는 친구들 중
가위바위보로 뽑힌 주형이와 보현이. ㅎ
각기 다른 친구와 가위바위보해서 이긴 직후
주형이가 보현이를 보며 하는 말.
"우리 둘 다 등치 있는 애들이당. 헤헤헤~^^"
하하. 내가 하고 싶던 말. 맛있는 주말 보내렴~🖤

마와 괴생명체

지난번 이외수 선생님 뵈러 갔을 적에 들른 식당에서

싹 날 기미가 조금 보이는 감자만 한 마를 얻어다

어제 작은 화분에 심었다.

내가 기를 건 아니고 누구 주려고.

근데 자꾸 까먹어서 못 주고 못 주고 해서 우선 심어놨다가 화분 채

주려고. 그걸 한쪽에 고이 두었는데 오늘 쉬는 시간에 화단에 가보

았더니 우리 머스마들이 파헤쳐서 마가 땅바닥에 나뒹굴고 있었다.

헉! 놀라서 다가가는 내게

"선생님, 여기 괴생명체 있어요!"

소리치는 머스마들.

"아이고 이놈들아, 괴생명체는 무신 괴생명체여! 마여 마!"

"마? 마가 뭐지?"

지들끼리 얼굴을 마주보며 눈만 끔벅끔벅.

히유… 팻말을 안 써둔 내 잘못이다.…ㅎ

사진은 한 달 뒤.
감자 같기도 하고 돌덩이 같기도 하고 괴생명체 같기도
한 마를 얼른 주워 다시 심어놓고 아이들한테 '마'라고
알려주고 싹이 나기를 기다렸는데, 한참을 기다려도 뭔
기미가 없길래 에잉~ 가망이 없나보다 하곤 이번엔
내가 쑥~ 그런데 아뿔싸! 뿌리가 났었네.
아고, 미안해라. 나는 다시 얼른 심어놓고 또 한참을
기다렸는데 싹이 안 나길래, 내가 그때 뽑아버려서
뿌리가 상했나보다 하고 포기하고 있었는데 어느 날
보니 저렇게 튼실한 싹이 나란히…^^ 싹 나면 줘야지
했는데 주기 싫다. 그냥 애들이랑 키워봐야겠다.
히히. 좀 넓은 데다 심어줘야겠지? ㅎ

흰눈까마귀밤나방 애벌레

유충시기 5월

우화시기 6월

배 끝이 흰색으로 뾰족한 삼각형을 이루고

방해를 받으면 몸을 뒤로 젖힌다.

잎을 둥글게 잘라 붙이고 번데기가 되어 25일 만에 우화한다.

- 네이버

자두나무 이파리를 누가 갉아먹은 흔적이 있어

언 놈인가 궁금했는데 드디어 오늘 놈이 정체를 드러냈다.

크고 굵은 놈이었다.

이렇게 굵직한 놈을 지금까지 못 봤었다니 신기해하며 또 아침이

들썩였다. ㅎ

'털두꺼비하늘소' 는 아이들이 먼저 발견했지만 이놈은 내가 먼저

발견했다. 이렇게 굵고 자세히 보면 귀엽기까지 한 아이는 나비의

애벌레일까 나방의 애벌레일까 궁금했는데, 알고 보니 '흰눈까마귀

밤나방' 의 애벌레다.

대식가라더니 잎이며 연한 줄기까지 댕강 갉아먹는다. 어차피 올해

꽃도 안 피고 잎이 난 걸 보면 자두 따먹기는 그른 것 같아 이 애벌

레에게 자비를 베풀기로 했다.

상혁아, 선생님이 이름 알아냈어!

양배추 잎 뒤에 붙은 벌레들 이름도 한 번 알아보자.^^

흰눈까마귀밤나방 애벌레.
거참 이름도 길고 어렵다. ㅎ

채송화 싹. 왼쪽엔 벌어진 채송화 씨앗
주머니가 뒹굴고 있다. ㅎ 쬐끄만 것들

왜 우리 반은 해요?

방과 후 수업 끝난 민아가

교실에 들러 짐을 챙기더니 땡그란 눈으로 내게 묻는다.

"선생님, 다른 반은 시똥누기 안 하는데 왜 우리 반은 해요?"

순간 긴장하며

"왜에~~?" 하고 물으니

"네. 좋아서요. 재밌어요. 힛~" 그런다.

휴… 싫다는 건 줄 알았네. ㅎㅎ

흰눈까마귀밤나방 애벌레

림보하면 잘 하겠다
- - - - - - - - - - - - - - - - -

얘, 정말 웃긴다.

오늘 아침 화단 문 열고 들어갔더니 얘가 자두나무 제일 높은 가지에

반듯하게 붙어 있더라구. 그래서 일찍 온 애들 셋이랑 둥글게 서서

"호호. 얘 아래쪽에 있더니 밤새 정상에 올랐네?"

하며 얘기 나누고 있으니까 갑자기 몸을 서서히 뒤로 젖히는 거야.

"방해를 받으면 몸을 뒤로 젖힌다"더니 우리가 그 모습을 슬로우

모션으로 봤지 뭐야? 후후 웃겨. 시끄럽다 이거지? ㅎ

선생님 이거 뭐예요?

나는 모과나무 애기 열매 보여주려고 고개를 들고 더듬더듬 찾고
있는데 애들은 모과나무 기둥에 부지런히 기어 다니는 벌레를 발견
하곤 소리친다.

"선생님. 이거 뭐예요?!"
나는 놀라서 더 크게 소리쳤다.
"와! 무당벌레 애벌레다!!!"
그랬더니 또 옆에서 한 무리의 아이들이 소리친다.
"선생님, 여기로 와보세요! 이거 뭐예요?"
나는 키 작은 소나무로 옮겨 아이들이 가리키는 걸 보고는 기뻐서
더 크게 외쳤다.
"와! 이건 무당벌레 번데기야!!! 봐봐 얘는 안 움직이지?
여기서 나중에 어른 무당벌레가 나오는 거지!
와! 여기 많네~~니들 눈 좋다아~~!!!"

무당벌레 애벌레

무당벌레 번데기

신기하고 재밌는 세상

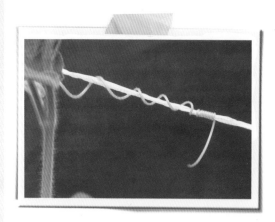

조롱박이 덩굴손을 어디에 둘지를 몰라 허공에서 헤매는 걸 알면서도 짬이 안 나 지지대도 끈도 못 사다가 화요일에 맘먹고 사와 어제 퇴근 즈음에 혼자 지지대를 세우고 끈으로 그물을 만들어줬다. 처음 해보는 일이었지만 뭐. 이렇게 하면 될 듯 싶었다. 오이랑 호박은 아직 어리니 천천히 하면 되겠고. 그리고 오늘 아침. 두둥~

출근하자마자 화단부터 들어갔다가 깜짝 놀랐다.

세상에 밤사이에 조롱박이 끈을 야무지게 감고 몸을 세우고 있었다. 와, 정말 신기하고 재밌는 세상.

세 번째 사진의 덩굴손은 아이들과 함께 있을 때까지만 해도 끈에 닿지 못했는데 네 시 쯤 되니 끈에 손을 척 걸치고 있었다. 와, 정말 신기하고 재밌는 세상 2. ㅎ

방과 후 수업 마치고 교실에 동생과 우산 가지러 온 상혁이에게 보

여주니 그 작은 눈을 쪽 뜨며 놀란다. ㅎ

"상혁아, 이제 조롱박이 이걸 타고 울타리에 도착하면 울타리 타고 또 쭉 올라가겠지? 호박도 그렇고? 근데 너무 높은 데에 달리면 어떻게 따지? 사다리 하나 장만해야 할까? ^^*"

하며 보니 상혁이가 입을 벌리고 소리 없이 웃네? ^^

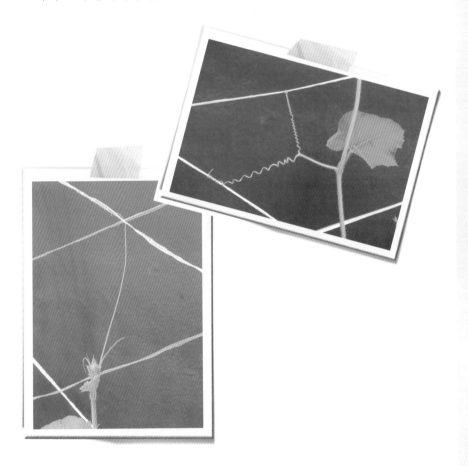

왕사마귀 부화

왕사마귀는 10월경 배 끝으로 보글보글 거품을 일으켜 그 속에 알을 낳는데, 다음 해 5월 중순쯤 되면 알집에서 200여 마리의 애벌레들이 빠져나와요.

애벌레들은 알주머니의 벽을 뚫고 실에 매달리듯 나오는데, 이때는 아직 얇은 막에 쌓여 있다가 얼마 후 막을 뚫고 1령 애벌레가 나옵니다. 애벌레는 날개만 없지 어른벌레와 아주 비슷해요.

이렇게 태어난 왕사마귀는 6~7번의 허물을 벗으며 8월경에 날개돋이를 하여 어른벌레가 돼요.

오늘 아이들과 풍선덩굴 씨앗 싹 난 거 보며 얘기하고 있는데 모종판에 애기사마귀 한 마리가 보이는 게 아니겠어요?

어머나! 애네들이 언제 태어났대! 보아하니 막을 벗은 1령 애벌레처럼 보였습니다. 어찌나 귀엽던지. 그런데 뾸뾸뾸뾸 얼마나 날랜지 가까스로 사진 찍었는데 다행히 초점이 맞은 게 있네요.

'사마귀야, 우리 반 화단을 부탁해. 우선 진딧물이 있는지부터 점검하고 처리해줘~ 그리고 양배추 화분에 가면 작은 애벌레들 많아. 모기도 날파리도 잡아줄 거지? ^^'

시똥누기 화단의 왕사마귀 애벌레.
저거 찍고 사마귀는 우거진 옥수수
밭으로 사라지고 우리는 종이 쳐서
교실로 들어가고. ㅎ

숲속에 떨어진 나뭇가지에 붙어있던
사마귀 알집을 하나 가져와 화분에
올려두었는데, 우리 없는 사이에 태
어났다.

방울실잠자리 약충
- - - - - - - - - - - - - - - -

개구리, 도룡뇽 알 떠올 때 따라온 애 같은데

뭐지? 하고 지나쳤다가 바닥에 워낙 낙엽이 많이 깔려있어 그동안

눈에 안 띄어서 잊고 있던 애.

돌멩이를 넣으니 돌 위로 잠시 올라온 것을 남자애들이 발견하곤

나를 불렀다. 생긴 건 꼭 잠자리처럼 생겼는데 인터넷 검색해보니

잠자리 약충(불완전 탈바꿈하는 곤충의 애벌레를 '약충' 이라고 해요.)이 아니

다.

그래서 애들에게 잠자리가 아닌가 봐. 했더니 그래도 잠자리 같단

다. 그러게. 눈 모양도 꼭 잠자리 같은데. 하며 사진 찍어 박사님께

여쭤보니 실잠자리의 약충이란다. 실잠자리 중에서도 방울실잠자

리. 아하! 그냥 잠자리와 실잠자리의 약충이 다르구나.

그런데 방울실잠자리 약충은 물속에서 10개월가량을 살다 성충이

된다고 하니 요놈이 곧 성충이 될 놈인지 좀 더 물속에서 살 놈인지

도통 알 수가 없단 말이야? 게다가 요새는 또 안 보이고.

물속에 있는 건지 우리 모르는 사이 성충이 되어 날아간 건지…

아는 건 없고 궁금한 것 투성이다.

나 혼자 보았지. 그 꽃

"와, 얘들아! 애기도라지 꽃봉오리 생겼다.

진짜 쬐끄맣지?"

"네~너무 귀여워요."

아침에 그 꽃봉오리였던 것이

오후 되니 활짝 피었다.

우리가 모르는 사이 혼자 피었다.

주말 잘 지내라고 물주고 있는데 피었다.

나 혼자 보았다. 그 모습.

애기도라지

니들 임무가 막중허당게

흐미, 이게 뭐시여? 진딧물 아녀? 쩔었네, 쩔었어…
이 일을 으째야쓰까잉…
까마중과 옥수수를 살피던 나는 하르르 한숨을 쉬다가.
그라고 봉께 사마귀들은 어디서 뭣 허는겨? 어디 보자.

어구… 요놈. 너 거그서 뭣 허냐? 진딧물들이 내 세상이다~ 허고 활
개를 치는디. 니가 시방 암것도 없는 벼랑박에 붙어서 허송세월허
고 있을 때가 아니란 말여~
나는 벽에서 방황하고 있는 애기 사마귀 두 마리를 잡아다 까마중
과 옥수수 밭에 풀어줬다.(사마귀 애벌레는 태어나면 진딧물 같이 작은
것부터 사냥한다고 책에서 봤거덩.)
그것만 잡아 묵어도 너는 금방 어른이 될 거구면. ㅎ
그라고 학교 건물서 나오는디. 애들과 나들이 할 때 소나무랑 모과
나무서 봤던 무당벌레 애벌레들 생각이 팍!!
그려, 무당벌레도 있었지! 근디 피아노 끝난 진우랑 무당벌레를 찾
는디 안 보이네… 다들 어디 갔능가.
내일 애들헌티 점심 묵고 무당벌레 애벌레 찾아와라, 해야겠다 허

고 포기허고 주차장으로 가는디, 호호호호~요깃네? 요놈들 잘 만났다. 니들 나랑 시똥누기 화단으로 좀 가야 쓰겄다. 뭐 나쁜 짓 혀서 잡아가는 거 아닝게 긴장 푸시고~

고렇게 모감주나무 기둥에서 뽈뽈뽈 기댕기는 놈 두 마리를 옥수수밭에 풀어놓고 왔제.

진딧물 이놈들~~~ 어디 매운 맛 좀 봐라.

낼 울 꼬맹이들 풀어 무당벌레 애벌레 몇 마리 더 모셔올텡게 두고 보더라고~~~

사마귀! 정신 바짝 차리고 진딧물 잡아야 쓴다. ㅎ

무당거미가 태어났다!

오늘은 아침부터 바빠서 화단에 신경 못 쓰고 일하고 있는데
아이들이 정신없이 들어오더니 나보고 얼른 나와 보란다.
거미가 태어났다는 것이다!
나는 자리를 박차고 나가 두 눈으로 확인해 보았다.
"어머나 귀여워. 배 봐. 동글동글하기도 하지."
작년 『분꽃귀걸이』 아이들이 생각나는 순간.
우리가 무궁화 화분에 묻어주었던 엄마 거미도
생각나는 순간. 나는 아름답던 그 시간들을
떠올리며 찍었다.
'거미야, 보고 있니? 네 아이들이 무사
히 깨어났단다.'

너도 좀 잡자

오늘 아이들과 이것 보고 웃었어요. ㅎ
조롱박 덩굴손 하나가 팬지 팻말을…ㅎ

소금쟁이 등장이요

소금쟁이는 몸무게가 0.02g으로 매우 가벼워 물에 잘 떠요. 게다 가 온몸과 다리에는 짧은 방수털이 나 있고 가운뎃다리와 뒷다리 끝에서는 기름이 나와 물에 젖지도 않죠.

소금쟁이는 앞다리와 뒷다리로 몸을 지탱하고 가운뎃다리로 노를 저어 이동하는데 재밌는 건 머리가 물에 처박히지 않도록 지탱해 주는 앞다리가 언뜻 보면 꼭 더듬이 같다는 것.

잔물결을 귀신같이 알아채는 소금쟁이는 먹이를 낚아채거나 시체 에 모여 체액을 빨아먹고 삽니다.

그런데 물가에 사는 소금쟁이가 어인 일인지 3층 우리 반 화단에 나 타났지 뭐예요? 미술시간에 예서랑 혜린이가 활동 다 마쳐서 화단 구경 가도 되냐 묻기에 조용히 보냈는데, 얼마 후 무슨 곤충이 화단 바닥에서 팔딱팔딱 뛰어다닌다기에 가봤더니 소금쟁이인 거예요. 얼른 두 손으로 잡아 항아리 뚜껑 연못에 넣어주며 요놈이 도대체 어디서 왔을까. 신기해 하고 있는데 잠시 후 연못 밖으로 나와 톡톡 뛰더니 훌쩍 날아 토마토, 고추 쪽으로 사라졌고 그 후 찾을 수가 없 었다는 이야기. 예서랑 혜린이랑 나만 본 소금쟁이 이야기…^^

6월 초에 다시 나타난 소금쟁이.
고무 논에서 슥슥 물스키를 타며
한동안 살았답니다.^^

왜 양파 위에 파가 있어요?

작년 『분꽃귀걸이』 친구들과 가을에 심었던 양파(해남 막내새언니 협찬
^^)를 어제 수확했다. 양파가 안 뽑혀 지현이가 낑낑, 가윤이도 낑
낑. 아니 뭔 양파가 이렇게 힘이 센 거여?? ㅎㅎ 나도 같이 낑낑 양파
랑 줄다리기 하고 있는데 옆에서 성훈이가 그랬던가?
"선생님, 왜 양파 위에 파가 있어요?"
"하하하하하~ 양파도 파야. 양~파! 그치? 그런데 대파랑 다르게 줄
기가 불룩한 거지. 우린 그걸 먹는 거고. 그러니까 잎도 먹을 수 있
겠지?" 했더니 알뜰한 친구들, 잎도 싹 싸갔다. 하하하.

오늘 오후엔 화단 문 닫아요

아침에만 해도 거미줄에 뭉쳐있던 새끼 거미들이 4교시 끝나니 다들 어디로 가고 몇 마리 안 남았다고 아이가 달려와 알려준다. 슬슬 독립하려고 각자 이동 중인 모양이었다. 아이를 따라 나가 발밑을 보니 바닥에도 몇 마리 보인다.

나는 아이들에게 상황을 설명하고 거미들이 너무 작아 우리도 모르게 발로 밟을 수 있으니 거미들의 안전한 정착을 위해 화단 문을 닫아두겠다고 했다.

그리고 퇴근 무렵 문을 열고 나가 가만히 앉아 거미줄에 걸린 작은 그 무엇들을 보았다. 아이들과 아침에 "이게 뭐지? 날파리도 아니고…" 갸우뚱하며 지레짐작으로 "허물 같다. 허물인가?" 했던 것. 어렵게 사진을 찍어 확대해서 보니 허물이 맞다.

벌써 한 번의 허물을 벗었구나. 신기했다.

양파 뽑던 날. 뿌리가 얼마나 길던지
뽑고 나서 애들도 나도 놀란 날.

어린 농부들

오늘로 모내기 끝냈다.

작년에 썼던 빨간 플라스틱 논이 깨져서
해남 가서 만 원 주고 사온 까만 고무 논 두 개에 흙 옮기고,
뭉친 흙 깨고, 물 넣어서 부드럽게 풀어주고.
드디어 오늘 짜잔~

주물주물~
흙을 부드럽게 풀어줘요.

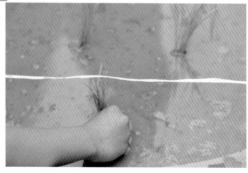

못줄에 맞춰 가지런히~

58

단체사진 찰칵. 모가 30포기 정도
되니까 한 사람이 한 포기씩 낫질할
수 있갔구나. 그나저나 벼는 언제
물을 빼주고 대주고 해야 하나.
쑥국 선생은 또 공부해야갔구나.

우리가 말여, 비록 논은 작지만서도 폼은 지대로 잡아보드라고~

자, 못줄 잡아줄 사람~

근디 친구들이 모 잘 심는가 꺼꾸로 심는가 신경 쓰느라고

못줄 잡는 사람들이 자꼬 정신줄을 놓아~

"아, 시방 뭐 허는겨? 줄 삐트러졌잖여, 줄 팽팽히 안 잡냐~"

쑥국 선생은 자꼬 잔소리를 혔다는 말씀. ㅎㅎ

논에선 뭐가 사나

"밥 먹으러 가게 줄 서라고~~~~!"

배고파 죽겠고만 저러고 있느라 대답도 없다.ㅠ

논 속 생물 구경하느라 선생님 말도 안 들리는 아이들.
밥보다 논 속에서 살아 움직이는 작은 생물들 구경하는 게
중요한 순간. 내가 졌다. 밥 먹기 조금 늦추고 찰칵찰칵.ㅎ

그래도 즐거운 고생

오이꽃이 네 송이 피었다. 아침에는 몰랐다.
오후에 갑자기 핀 건가? 애들은 봤을까?
화단 구조 조정하느라 오늘 두 달에 한 번 있는 모임에 늦었다.
30분만 한다는 게 시간 넘어가는 줄 모르고 하다 시계 보고 놀라
손톱 밑에 낀 흙 씻지도 못하고 튀어나갔다.
그래도 언제나 즐거운 고생이다.

방울실잠자리 부화

퇴근하기 전 소금쟁이 보러 갔다가 언뜻 저걸 보고는
'오… 잠자리 애벌레가 다시 나왔네!' 그러다가 밑에 까만 뭔가를
보고 '어? 뭘 잡아먹고 있나보네?' 그랬다가, '어! 아니네! 허물 벗은
거네!' 그랬다가, 아… 근데 나 밖에 없네. ㅠ 애들 없는데 어떡해.
이 모습을 나만 보다니. 그나저나 진작 나와 볼 걸. 등껍질 찢고 나
오는 거 볼 수 있었을텐데. 일하느라 몰랐네.
계속 보고 싶은데 배가 너무 고프네. 엉엉.

날개도 배도 아직
완전히 퍼지지 않았다.

애벌레 껍질과 나란히.
날개가 많이 퍼졌다.

애벌레 껍질을 바라보며 무슨 생각을 할까?

개구리, 도룡뇽 알 퍼올 때 딸려온 방울실잠자리 애벌레가 물배추 잎 위에서 날개
돋이를 하였다. 다리에 흰 방울이 없는 걸 보니 암컷인가보다. 내일 가면 볼 수 있
을까? 날아가고 없을까? 날아가면 어디로 갈까? 학교 연못으로 갈까?

옥수수 잎에 풀잠자리 알

풀잠자리알

해남에서 찍은 풀잠자리 알을 아이들에게 보여주면서
"혹시 우리 화단에 풀잠자리가 찾아와 알을 낳을까?
풀잠자리 애벌레가 진딧물을 좋아해서 진딧물이 있는 곳엔 풀잠자리가 알을 낳는다던데…" 하고 말했었는데,

아침에 옥수수에 물 주다가 알을 발견했다! 유레카~~~~!
그리곤 예은이가 다른 옥수수에서 알 하나를 더 발견했다.
와, 우리 반 화단에도 풀잠자리가 왔다갔단 말이지? ^^

검정물방개

민규가 할아버지 댁에 갔다가 가져온 물방개.^^

노는 모습이 귀엽고 깜찍하고 사랑스러운 검정물방개.^^

무당벌레 부화

화요일에 상추 잎에서 본 무당벌레 알.
교실 안 관찰망 속에 두고 퇴근 후
3일 지난 오늘 가봤더니 두둥~
애벌레가 깨어났다.
까만 점들로밖에 안 보여서 사진 찍어 확대했더니.

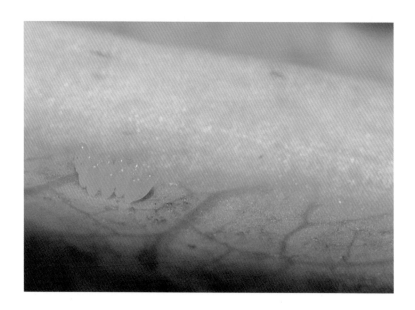

오호… 애벌레 형태 보인다.^^

아침에 애들에게 이거 보여주느라,

같이 화단 구경하느라 바빴다.^^

다 관찰하고는 다시 상추밭에 고이 놓아주었지.

고향의 냄새

우리 반 화단에 퇴비 떨어진 지 오래.
없으니 아쉬워 한 포대 사서 차에 실었더니.
아이고, 냄새야.
아이고, 참 구수허구나.
구수한 고향 냄새여…ㅠㅠ

딱 하나 자란 호박과 예은이

꼬끼요오~~ 꼬꼬댁 꼬꼬꼬꼬

접시꽃 아이들

내가 이런 모습이 보고 싶어 낑낑 삽질해서 접시꽃을 업어왔었지.

'접시코 당신' 도 되어보고 장닭도 되어보고.^^

지율이와 준형이는 수업시간에도 꽃잎을 떼지 않는다.

좋고 재밌나 보다.

나도 좋다.^^

물뿌리개 날랐더니 알통 생겼어요!

이것 보세요.

화단에 물 주려고 물뿌리개에 물 담아 나르니

팔에 알통이 생겼다고 저보고 만져보래요… 하하~

아이들 참 예쁘죠?

사진 보고 있음 흐뭇. ^^

예은이 앞에 피고 있는 꽃은 당근꽃이에요.
활짝 피면 참 탐스러운.

접시꽃 꽃나비

은영이 손등에 내려앉은 꽃나비.

접시꽃 꽃나비.

교과서보다 더 재미있는 자연 공부

"선생님, 이게 뭐예요?"

"와, 뭐지? 이쁘다…"

"선생님! 여기 신기한 거 있어요, 일로 와보세요!"

"오… 그러게. 주머니 속에 뭐 들어있는 것처럼 생겼네."

"뭐예요?"

"응? 나도 모르겠어. 처음 봐. 뭐지?"

아이들 때문에 내가 공부한다.
첫 번째는 풀잠자리의 고치이고(와우!),
두 번째는 꽃등에의 번데기란다. (와우! 2)

우리는 배추흰나비 번데기(지금 교실에 배추흰나비 번데기 세 개 있음),
풀잠자리 고치, 꽃등에 번데기, 무당벌레 번데기의 모습을 보며
각각의 생의 모습이 다 다른 것에 새삼 신기해했다.
교과서 공부보다 더 재미있는 자연 공부.^^

호박꽃오리

"얘들아, 여기 오리 있다!"
저쪽에서 "무궁화 꽃이 피었습니다" 하던 아이들이 우르르르~^^
오리~ 꽥꽥~ 오리~ 꽥꽥~

우리 반 미스코리아 오이

우리 반 미스코리아 오이
시장에 내다 팔아도 되겠다. ㅎㅎ

잘가, 시똥아

세 개의 배추흰나비 번데기 중 첫째가 깨어났다.

이름을 공모해 투표를 했는데 글쎄 '시똥' 이가 되었다. ㅎ

졸지에 이름에 '똥' 자가 들어가게 된 어여쁜 배추흰나비

시똥이는 한동안 안에서 나오지 않더니

이내 민아의 안내에 따라 나와 훨훨 자유의 몸이 되었다.

화단의 울타리를 넘어 날아가는 순간

"잘 가, 시똥아! 시똥아 잘 가~!"

고추 수확

오늘 처음으로 아이들이 고추 수확을 했다.

모종 살 때 아저씨가 비타민고추라고 했었는데

보니까 얇고 길쭉길쭉한 고추다.

매운 정도가 풋고추와 청양고추 중간이다.

적당히 매콤해서 맛있다.

어떻게 아냐고?

내가 금요일에 여섯 개 따서 시식해 봤거든. ㅎㅎ

딱 내 스타일이더랑게?

우리 반 첫 분꽃 귀걸이

분꽃이 피기 시작했어요.

첫 분꽃 귀걸이의 주인공. 소은이.

휴… 넘 예뻐~♥

내 이름은 추억이

이름 : 추억이

고향 : 군산푸른솔초 3-5반 시똥누기 화단 옥수수 잎

태어난 날 : 20180625.18시 ~ 20180626.08시 사이

아침에 출근하자마자 컴퓨터 켜고 창문 열고 풀잠자리 고치로 간 쑥국. 엇! 고치 뚜껑이 열렸어! 세상에! 침으로 고치를 녹이고 나오는 게 아니라 뚜껑을 똑 따고 나오는 거구나! 근데 풀잠자리는 어딨지? 고개를 들어 두리번거리니 관찰망 위쪽에 붙어있다.

하… 니가 풀잠자리구나…. 반가워… 정말 몸이 풀색이네. 난 니가 태어날 때가 된 것 같은데 안 나와서 잘못된 건 아닐까 걱정했어. 이름 맘에 드니? 실은 '추억이'란 이름은 곧 태어날 셋째 배추흰나비의 이름이었어. 우리가 미리 지어놓았었지. 그런데 둘째 글똥이를 보내고 관찰망을 이동하는 도중 번데기가 잎에서 떨어져 눌리는 바람에 죽었단다. 그래서 아이들이 날갯짓 한 번 못 해보고 죽은 추억이가 넘 불쌍하다고 추억이를 추억하며 네게 지어준 이름이야.

그러니 추억이 몫까지 잘 살아. 너 닮은 아들 낳고 딸 낳고 말야.

알겠지?

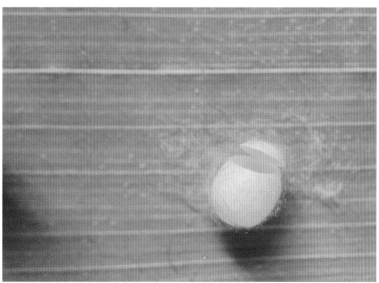

그날 아침,
나는 아이들에게 이런 사실을 알려주고
돌아가면서 관찰하는데 선풍기 바람에
번데기 껍질이 날아가버렸다.
아이들이 아무리 찾아봐도 안 보였다. 흑흑.

칠성풀잠자리 고치와 애벌레 허물과 번데기 껍질

고치에서 바로 어른 풀잠자리가 나오는 줄 알았는데

조금 더 공부해보니 그게 아닌 걸 알고

다음날 학교 가자마자 사물함에 접어서 넣어둔 관찰망을 허겁지겁

꺼내 안을 살펴보았다.

휴…^^ 다행히 번데기 껍질이 있다!

그리고 고치 뚜껑을 젖혀 안도 들여다보았다.

아… 정말 있다! 애벌레의 허물.

그러니까 정리해보면,

풀잠자리 애벌레가 고치를 만든 후

고치 안에서 마지막 허물을 벗고 번데기가 된다. (그 마지막 애벌레의

허물이 말라 고치 밑바닥에 까맣게 보인다.)

그 후 성충으로 날개돋이 할 무렵 번데기가 고치 뚜껑을 머리로 밀

고 고치 밖으로 나와 번데기 껍질을 벗고 나온다는 사실.

나비나 나방의 번데기와는 달리 풀잠자리의 번데기는 다리·더듬이

등 부속지가 밖으로 드러나는 형태라는 사실.

아. 나는 또 이렇게 내가 몰랐던 세상을 만났다.

얘네들이 움직였으면 좋겠어요

주말에 시골 가서 상토를 퍼왔다.

플라스틱 둥근 통에.

가져와서 퇴비랑 섞어두었는데 비가 와서 통에 물이 그득 찼다.

통을 비스듬히 눕혀 물을 대충 빼고

까마중이 익었나 보고 있는데

뒤에서 지율이가 소리친다.

"선생님! 여기 이상한 벌레가 있어요!"

가서 보았더니 아까 그 통에… 크고 통통한 벌레가. ㅠ

"으흐흐흑. ㅠ 얘가 왜 여기 있지?" 하며 돌아서는데

"선생님, 여기 또 한 마리 있어요!" 한다.

"아흑…ㅠ 난 몰라. ㅠ"

선생님이 그러거나 말거나 지율이는 나머지 한 마리도 손에 올리더
니 죽었나 살았나 보고 있다. ㅠ

"지율아, 안 징그러워? ㅠ"

"네."

"움직여, 안 움직여?"

"안 움직여요."

"익사했나 봐. 도대체 얘네들이 어디서 온 거야."

"…"

"무슨 생각해?"

"얘네들이 움직였으면 좋겠다는 생각요. 안 죽고요."

세상에… 지율인 대단하다.

선생님은 넘 징그러워서 몸 둘 바를 모르겠는데…

지율이는 애벌레가 죽은 걸 확인하고는

자두나무 아래에 묻어주었다.

난 사진만 겨우 찍고 곁에도 못 갔다.

화단 이상 무!

토요일 아침. 두 시간 화단 정리하고 나니 등줄기에 땀이 줄줄,
얼굴이 벌겋다. 다하고 나오니 비 떨어지네.
수세미도 잘 크고 풍선덩굴도 잘 자라 꽃을 피워 기분 좋다. 박은 하
늘 높은 줄 모르고 오르고 있고, 묻어둔 생강에서는 죽순처럼 잎이
나오고. 까마중도 익어가고 백도라지 꽃도 피고. 마도 쑥쑥, 작두콩
도 잘 자란다. 고추도 길쭉길쭉, 토마토도 하나둘 붉어지고 봉숭아
꽃도 다투어 피고 있다. 어제 경아가 손톱에 꽃물 들이겠다고 따갔
는데 이쁘게 들였을까? ^^ 아, 배고파. 얼른 씻고 점심 먹자.

쌍살벌의 죽음

우리 반 화단 시멘트 바닥에서 벌이 돌아가셨다. 다리를 고이 모은 점잖은 자세로. 예은이가 발견했다. 아이들은 말벌이라고 하는데 알아보니 말벌 중에서도 쌍살벌이다. 암튼 나는 아이들에게 벌을 관찰해보라고 교실 한쪽에 두었고, 쉬는 시간에 예은이와 민아가 벌을 묻어주어도 되냐고 묻기에 그러라 하고 일을 계속 하려다가 은근 애들이 어떻게 하나 궁금해져서 따라가 보았더니 해바라기 아래에 묻어주고 봉분도 만들어주고 금세 묘비도 만들어왔네.^^ 귀여워. 『분꽃귀걸이』 선배님들께 배운 거니?^^

조롱박이 조롱조롱 열리려나 봐

내가 끈으로 만들어준 '사다리' (다연이 표현^^)를
타고 저 울타리에 도착한 박이 한 계단
두 계단 거침없이 오르더니
15층 꼭대기까지 올라갔다.
와, 오이, 호박이 아무리 따라잡을래도
따라잡을 수 없겠다. ㅎ

암튼,
암꽃은 안 보이고 수꽃만 피었다 지던
박에 드디어 암꽃이 피었다.
저기저기 12층과 13층 사이.
암꽃 맞지?
잘 봐봐.
열매를 달고 나왔잖아.^^
조롱박이 조롱조롱 열리려나 봐.^^

분꽃 귀걸이 해보실래요?
- - - - - - - - - - - - - - - - - - - -

어제 일찍 온 종윤이와 지율이에게 분꽃 귀걸이를 걸어줬지요.

어떻게 만드는지도 알려주고요.

그랬더니 오늘 아침엔 놀러온 옆 반 친구들에게 손수 만들어서

귀에 걸어주며 즐거워하는 거 있죠?

저는 만들다 힘 조절을 못해서 암술을 자꾸 끊어먹는데

종윤이와 지율이는 저보다 더 잘 만드는 거예요. ㅎ

자, 여기 지율이가 만든 귀걸이에요.

분꽃 귀걸이 한 번 해보시겠어요? ^^

칠성털날개나방의 짝짓기

험험. 이놈들. 대낮부터. 험…

생긴 것도 희한하게 생겨가지구설랑. 험험~!

칠성털날개나방.
민채랑 봉숭아꽃 따다가
나 혼자 발견.
민채는 여전히 봉숭아를
따고, 나는 따다말고
조용히 찍고. ㅎ

등얼룩풍뎅이

우리나라 풍뎅이과에 속한 230여 종 중 가장 흔히 볼 수 있다는 등얼룩풍뎅이. 삼지창처럼 생긴 더듬이가 특징이다. 그럼 이 삼지창 더듬이를 공격용으로 쓰냐고? 아니.^^
등얼룩풍뎅이는 천적이 나타나면 싸움보다는 도망을 택하는 평화주의자래. 재밌는 건 평소엔 더듬이를 쫙 펴고 있다가 위협을 느끼면 부채 접듯 하나로 바짝 오므린다는 것. 그리고 가까이 접근하면 뒷다리 하나를 살짝 들어 올려 경계 행동을 취한다는 거야. 우린 그것도 모르고 자꾸 뒷다리 하나가 들리기에 다리가 아픈가 했지 뭐야.^^

등얼룩풍뎅이.
당근꽃 위에 놀던 녀석.
삼지창 더듬이도 펴있고 다리도 쫙 피고 있는 걸 보니 (빠)서연이가 편한가 봐.^^

저 이만큼 컸어요

5월 말에 깨어난 무당거미가 몇 차례 허물을 벗으며 자라는 중이다.
오늘 아침, 아이들과 화단 둘러보는데 허물 벗은 거미 한 마리가
말끔해진 모습으로 있다. (오른쪽 흐릿하게 보이는 게 허물)

'너는 모르지? 엄마가 너희들을 얼마나 사랑했는지.
불룩해진 몸으로 우리 화단을 찾아온 다음날 나무 탁자 아래에
너희들을 낳았어. 그리곤 밤낮없이 너희들을 지키다 돌아가셨지.
수척해진 몸으로 말이야.'

속으로 건넨 말을 아기 거미는 알아들었을까?

몇 날 며칠 움직이지도 않은 채 알집 앞을 지키다가 사라졌던 어미
거미. 우리 아이들에 의해 화단 구석의 작은 화분 아래에서 죽은 채
발견 되었던 거미. 작은 바람에도 힘없이 흔들리던 텅 빈 몸의 어미
거미를 생각하면 이상하게 지금도 맘이 짠해진다.
나도 어미라서 그런 걸까?

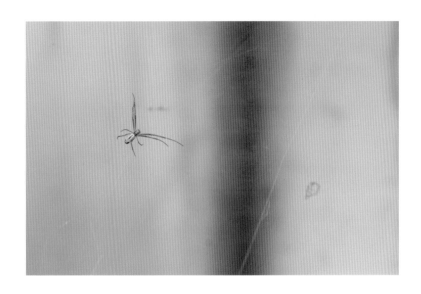

까마중

아이들 간식 ^^

수확의 기쁨

따가도 정작 본인들은 먹지 못할 텐데도 저렇게
행복한 얼굴이다. 고맙다. 그렇게 웃어줘서. ♥

분꽃 본다고 하니 보내주셨어요

지율이가 어제 물었다.

"선생님. 네 시 넘어서 학교 오면 분꽃 핀 거 볼 수 있어요?"

"응. 네 시부터 피기 시작해서 다섯 시 정도 되면 활짝 펴.^^"

"그럼 그 때 와봐야지." 하고는 갔는데, 아이는 오지 않았다. 그래서 그런가 보다 하고 나는 나대로 약속이 있어 여섯 시 못 돼서 퇴근했는데 오늘 수업시간에 지율이가 말하길, 종윤이랑 문찬이와 같이 여섯 시에 학교 와서 분꽃 핀 걸 봤단다.

세상에… 얼마나 보고 싶었으면.^^

"학교 문 안 닫혔었어? 그 시간에 주사님이 들여보내주시던?"

"네. 분꽃 본다고 했더니 보내주셨어요."

아, 나는 이렇게 예쁜 아이들과 생활하고 있구나. 3학년 사내아이 셋이 의자를 딛고 화단 문을 열고 들어가 조용히 피어난 분꽃을 보고 있는 모습을 떠올리니 이내 가슴이 촉촉해졌다. 사랑한다. ♥

오후 4시 56분에 찍은 분꽃. 아직
꽃술이 채 펼쳐지지 않았다. ^^

분꽃은 오후 4시 즈음 피기 시작해서(그래서
영어 이름이 4 o'clock flower 예요. ^^)
아침이 되면 꽃봉오리를 닫아요.
아이들이 하교 한 후에 피고 등교할 때쯤이면
꽃잎을 닫는 시간이라 학교에서 분꽃이 활짝
핀 모습을 보기란 쉽지 않아요.

준형 : 흠. 귀에 한 번 걸어볼까?

소은 : 하하, 애 좀 봐. 하하~

준형 : 걸었다!

소은 : 하하하하~ 걸어지네~

고추 귀걸이

이게 뭘까요?

이건, (김)서연이가 토요일에 아파트 놀이터 소나무에서 발견한
무당벌레 알이에요.^^
이걸 발견하고는 친구들과 관찰하고 싶어서
엄마랑 저희 반 화단에 두고 갔었대요.
그날 마침 학교에 방역작업이 있어 문이 열려있었나 봐요.
저도 아침에 물 주러 잠깐 학교 갔다가 꽃 보러 갔었거든요.
물론 꽃보다 곤충 본 게 더 재밌었지만.ㅎ
제가 노린재 알을 발견하고 찍으며 즐거워 할 동안,
우리 서연이는 무당벌레 알을 발견한 기쁨을 맛보고
그걸 또 친구들과 관찰하고 싶어 시똥누기 화단에 두고 간 거였죠.
"어때, 서연아? 알고 나니 보이지?^^" 했더니
빙긋이 웃으며
"네~"
그러네요.^^

서연이의 예쁜 손가락과
무당벌레 알

수확할 때가 된 것도 같고…

이제 따면 되나?

이거 좋은 꽃이야. 방금 꿀벌이 다녀갔어

오늘은 상혁이와 라현이가 봉숭아 꽃 따가는 날.
"얘들아, 꽃보다 잎이 더 물이 잘 든대. 잎을 더 많이 따~"
하고는 사진을 찍어주는데 옆에서 꽃 따는 걸 구경하던
지율이가 이런다.
"라현아, 이 꽃 따. 이거 좋은 꽃이야. 방금 꿀벌이 다녀갔어."
하… 지율아, 어쩜 너는 하는 말마다 내 마음을 흔드니…♥

잠깐 사진 찍고 꽃 따는 거 거들어주는데
살이 지글지글 타는 소리가 들린다. ㅎ

사냥꾼 거미

우리 화단 무당거미가
허물도 벗고
사냥도 잘 하고 있다.
기특해. ^^

아냐, 핀란드에 있어!

과학 시간에 지구와 달에 대해 공부하는데 상혁이가
집에 천체망원경이 있단다.
"와. 어디서 났어?"
하고 물어보니 크리스마스 때 받았다고 한다.
그 말을 들은 맨 앞에 앉은 지율이가 맨 뒤에 앉은 상혁이를 향해
몸을 휘~익 돌리더니 안경 너머 호기심 그득한 눈으로
"산타할아버지한테 받았어?"
하고 물었다.
그러자 성훈이가
"산타할아버지는 없어. 그거 엄마 아빠가 주는 거야!"
하는 바람에 때 아닌 산타 설전이 벌어졌다.
여기저기서 산타는 있다, 없다. 목소리를 높이는데,
지율이 짝인 라현이가 몸을 휙 돌리며 작은 눈을 촉 치켜뜨더니
야무진 소리로 외쳤다.

"아냐, 핀란드에 있어~~!!"

고맙습니다

토요일 아침. 밍기적거리다 열 시가 넘어 학교에 갔다.
찜통더위에 아이들 지치지 않게 물 줘야지.
물뿌리개 들고 수돗가와 화단을 오가는데 주사님이 오신다.

"주사님. 쉬서요. 제가 나올 수 있을 땐 제가 줄게요.
제가 못 나오는 날만 좀 부탁드려요.^^;" 해도
양동이 두 개를 들고 물을 떠다주신다.

죄송한 마음에 부지런히 주는데 뭐가 뚝뚝. 뭐야, 땀이야?
얼마 움직이지도 않았는데. ㅎ
끝까지 물을 떠다주시고 문도 잠가주시는 주사님.
주사님이 양동이를 들자, 나는 얼른 주사님 한 손을 잡아 펴고
아까 따둔 까마중을 손에 올려드렸다.

"허허, 이 귀한 것을~ 잘 먹을게요~"
"^------------^" (고맙습니다.)

까마중

당연히 맛있지

오늘 옥수수 삶아먹었다.

쉬는 시간에 따서 국어시간에 삶았다.

굵은 소금 넣고 유기농 설탕 넣고 삶았다. 물이 끓기 시작하자

옥수수 향이 사르르. 애들이 코를 벌름벌름.

세상에서 제일 맛있는 옥수수였단다. 당연하지. ㅎ

아홉 개 따서 스물여섯 명이 나눠먹었으니. ㅎ

나도 그만 가야지

하루해가 갔다고
채송화도 잎을 닫고
여우주머니도 잎을 모았다.
나도 이제 퇴근해야지.

여우주머니.
저녁이 되면 채송화도 여우주머니도
잎을 모은다는 것을 처음 알았다.

분명 조롱박이라고 했는데

나 얼마 전 산책길에 본 저 조롱박 보고 충격 받았다.

조롱박이 어려서부터 조롱박이네!

우리 반 조롱박은 길쭉한 호박 모양이길래 자라면서 허리가 잘록

들어가는 건 줄 알았는데 그게 아닌가 봐.

그럼 우리 반 화단서 자라고 있는 박은 무슨 박이야?

분명 조롱박이라고 해서 샀는데? 나 속은 거야?ㅎㅎ

아, 나 머리가 띠용~@@

이런 아이 본 적 있나요?

아침에 아이들과 화단에서 물주고 있는데 언제 왔는지
(박)서연이가 조용하고 순한 목소리로 나를 부른다.
"선생님…"
"어, 서연이 왔어? ^^"
얼른 인사를 하고 또 물을 주는데
"선생님 이거요…" 하며 지퍼백을 내민다.
뭔가 하고 봤더니 글쎄…

"매미 허물요. 어제 도서관 근처 나무에서 모았어요."
그런다.

"어머! 하하하~ 어찌 이걸 모아올 생각을 했어?"
"선생님 보여주려고요."
"세상에. 이거 가져오면 선생님이 좋아할 것 같았어? ^^"
서연이가 네. 하며 고개를 끄덕임과 동시에 나는
"어이구, 예뻐라…" 하며 궁둥이를 토닥토닥~♥

서연이가 모아온 매미 허물 열한 개.
창가에 두고 아이들과 관찰한 매미
허물 열한 개. 매미의 일생에 대해
이야기 나누게 한 허물 열한 개.

화분 나르기

방학 때 우리 반 화단 방수공사를 한다고 방학 전까지 화분을 싹 치
워달란다. 하… 이게 웬 날벼락 같은 얘기람.

초겨울에 하면 안 되냐 물었지만 다른 공사와 맞물려 이러저러한
이유로 안 된다니 정리할 밖에.

하여, 수요일부터 오늘까지 3일 동안 아이들과 화분을 날랐다.

물 한 번씩만 줘도 땀이 흠뻑인데 화분을 끌고 들고 싣고 왔다 갔다
하니 아침마다 온몸이 땀으로 후줄근했다.

암튼 오늘 해바라기 화분 다섯 개를 끝으로 2학기에도 계속 봐야할 식물들은 다 옮겼고, 개학하고 나면 어차피 정리해야할 화분들은 그대로 두었다. 그건 공사 기간이 확정되면 학교에 나가 어떻게든 정리할 요량으로.

그런데 아이들 다 가고 교실 문단속하는데 실장님이 오시더니 공사를 11월에나 하게 생겼단다. 으악! 지금까지 개고생했네~ㅎㅎㅎ

방학하는 날 해바라기 옮기는 아이들.
폭염에 화분 나르자 하기가 너무 미안했는데 뜻밖에도 아이들이 즐겁게 해주었다. 카트에 실어 옮기는 게 넘 재밌다고 했다. 이런 거 한 번도 안 해봤다고 했다. 서로 하려고 카트 손잡이를 잡고 실랑이까지 벌여 순번을 정해줘야 했다.^^ 참 귀엽고 재밌고 고맙고 기특한 아이들이다. 힘들게 하는 일 많아도 사랑하지 않을 수 없다.^^
애들아, 고맙고 사랑해♥

어리연꽃과 커피

오늘은 눈 뜨자마자 화단행.

주사님이 챙겨주신 호스로 물 주고 유실된 흙 북돋아주느라 암 생
각 없는데 누가 부르는 소리에 깜짝 놀라 고개를 드니 눈웃음이 예
쁜 승규 선생님이다. 방학 동안 아이들 컴퓨터 교육이 있어 가는 길
에 내가 보였나 보다. 서로 수고한다고 인사를 나누고 하던 일 계속
하는데 잠시 후 또 나타나 시원한 커피를 따서 건네주더니 "선생님
횟팅!" 하며 간다. 하하, 덕분에 유쾌해진 아침.

고무연못에 어리연꽃이 다정하게 피었다.

애들아, 목화꽃 피었어!

첫 목화꽃이 피었다.

작년엔 싹이 트지 않아서 기르지 못했는데 올해는 싹이 너무 잘 터서 놀랍고 기뻤다. 그런데 잎이 나는 족족 벌레가 먹어서 얼마나 노심초사 했던지. 잎은 갉아 먹히는데 범인은 당최 보이지 않아 어찌지도 못했지. 아이들과 목화솜 피는 거 보고 싶었는데… 이번에도 안 되나 봐, 했는데. 그래도 새 잎을 내며 힘을 내더니 더 이상 벌레도 안 먹고 꽃봉오리를 내고 첫 꽃을 피웠다. 질끈 피웠다.

나는 아침부터 혼자 눈물겨웠다. 애들아, 목화꽃 피었어!

방학 중에 피어난 목화꽃.
이날 난 학급밴드에 이 소식을 알렸다.^^

방학 때 만난 상혁이

아침에 1층에서 상혁이를 만났다. 방과 후 수업 받으러 왔단다.
야, 이게 얼마만이야…^^ 상혁이에게 화단 문 열어놨으니 구경하고
싶음 하라고 하고 교실로 올라와 일 보고 가려는데 저쪽 복도에서
상혁이가 화단에 들어가는 게 보인다. 수업 마치고 들른 것이다.
"상혁아~~~~"
"상혁아, 목화꽃 봤어? 아직 못 봤지? 일로 와봐. 이게 목화꽃이야.
색이 은은하지? ㅎ 이건 어제 피었다 지는 꽃. 질 땐 이렇게 분홍빛
이 돼. 신기하지? 여기 열매 맺혔다? 이게 나중에 익어서 툭 터지면
솜이 나오는 거지. ㅎㅎㅎ 그나저나 꽃받침 모습이 꼭 그거 닮지 않
았어? 너 성덕대왕신종 알아? 오… 역시 아는구나. 거기 보면 비천
상이 새겨져 있잖아. 꼭 그거 닮지 않았어? 막 하늘로 올라가는 것
같은 무늬. ㅎ 그나저나 토란잎이 좀 탔네. 너무 더워서 잎이 탔나
봐. 참, 생강 잎 냄새 맡아볼래? 어때? 잎에서도 생강 냄새 나지? ㅎ
채송화도 넘 예쁘고. 그나저나 해바라기에 있던 자벌레들은 다 어
디로 갔을까? 왜 좀 커지면 다 없어지나 몰라. 참새나 까치가 잡아
먹은 거 아닐까? 근데 꽃봉오리는 생겼을까? 한 번 봐봐야겠다. 오!
있다! 쪼꼬만하게 맺혀있는 것 같어!"

나는 쉴 새 없이 좋알댔고, 그때마다 상혁이는 내 이야기에 작은 눈을 크게 떴다가, "아!" 하고 입을 벌려 조용히 감탄했다가, 고개를 끄덕였다가…^^

"상혁아! 너도 해바라기 꽃봉오리 있는지 볼래? 여기 올라가서 해바라기 잎을 살짝 잡아당겨 봐. 어때? 보여?
아, 보인다구? ㅎㅎ
개학하면 곧 피겠지? ^^"

상혁이와 해바라기
상혁아, 선생님만
말 많이 해서 미안.
오랜만에 화단에서
만나니 흥분해서
그만. ^^;

화단은 지금

붉은색 맨드라미에서 씨를 받아 뿌렸는데 주황색 꽃이 펴서 날 어리둥절하게 했던 맨드라미가 오늘 보니 볏이 더 풍성해지고 색도 진해졌다.

벼 이삭이 나오기 시작했고 목화꽃도 꾸준히 피고 지고,
무궁화도 한창.
해바라기 하나에서는 꽃봉오리가 보인다.
봉오리만 맺다 떨어져 이상하네 했던 수박풀도 다투듯 피어나고
어리연꽃도 아직 한창.
작두콩 꼬투리 엄청나게 크고, 수세미 하나 달려있고
풍선덩굴 열매 주렁주렁 익어가고, 채송화가 쉼 없이 피는 날.
기쁘면서 조금 심란한, 조금 심란하지만 많이 기쁜 소식을 들었다.

우리 반 화단 공사가 뒤로 뒤로 미뤄져 옮겼던 화분들을 다시 제자리로 갖다놔도 되겠다는 실장님 말씀. ㅎㅠ
아이고, 학교서 화단 가꾸기 힘들다~~~~~ㅎ
애들이 또 즐겁게 날라줄까? ^^

예서야, 선생님도 봤다

얼마 전, 우리 반 명랑쾌활 귀염둥이 아가씨 예서가 길거리에 죽어 있는 '꽃매미'를 찍어 카톡으로 보내며 뭐냐고 물었다. 꽃매미라고 알려주며 "선생님은 아직 못 본 건데 우리 예서가 먼저 봤네?" 하니 기뻐하며 놀랬다.

그리고 며칠 후 거미줄에 걸린 꽃매미를 찍어 예서에게 보내며 선생님도 드디어 봤다고(비록 죽은 거지만) 말했다.

그리고 어젠 살아있는 꽃매미를 보았다. 개머루 줄기에서 쉬고 있는 녀석. 살짝 건드려보니 놀라 훌쩍 뛰어 땅바닥으로 착지하던 놈. 더위에 넋 놓고 앉아 있었나 보다며 픽 웃고 나는 가던 길 갔지.^^

이파리가 수박 잎을 닮아 수박풀

태풍 걱정

태풍이 온다니

농부는 과실 걱정

어부는 배 걱정

나는 화단 걱정

꽃봉오리 올린 키 큰 해바라기가 제일 걱정.

개학하면 화분들끼리 뽀짝뽀짝 붙여놔야겠다.

태풍이 온대요

"태풍이 온다는데 지금 날씨만 봐선 온다는 게 안 믿겨지네요.
암튼 해바라기만 복도로 피신시켜놨어요."
"어떻게? 누구랑?"
"혼자요. ㅎ 직직 끄시고 와서 문턱에서 들고 넘어 왔지요. ^^
키가 커서 살짝 눕혀서. 림보 하듯이. ㅎ"
"저걸 혼자 다? 암튼 송 선생은 힘도 좋아…"
"주사님들께서 물 주신 덕분에 해바라기가 꽃봉오리를 맺었어요.
이것 봐요. 방학 동안 정말 감사했어요."
"나도 송 선생 팬이여. ㅎ 내 딸 같고."
"ㅎㅎ 감사합니당~ ♥"
"그려 어서 가요."
"네, 내일 봬요. ^^"

교실 정리하고 나가려는데 주사님이
오셨다. 같이 복도를 거닐며 나눈 대화.
가뭄에 폭염이 기승을 부린 올여름.
두 주사님의 도움이 없었다면 식물들이
남아나질 않았을 것이다. 고맙습니다.

맨날 줬어요!

얼마 전 학교 갔을 때 지나다 마주친 선생님께 우리 반 남자애 둘이 화단에 물주고 있더라, 라는 말을 들었다.

"어? 진짜요? 혹시 안경 쓴 친구였어요?"

"네. 한 명은 썼더라고요."

'아… 지율이랑 문찬인가 보다.' 생각하며 방학 날로 슝~

방학 하던 날 아침. 나는 혹시나 해서 애들에게 물어봤다.

"혹시 방학 때 방과 후 수업 받으러 나오는 친구들 중에 화단에 물 줄 수 있는 사람?" 했더니 지율이와 문찬이가 손을 번쩍 들었다.

아이들은 둘이 같이 주겠노라 말했지만 사실 난 별로 기대하진 않았다. 화단 문은 늘 잠겨있고 화분 대부분이 옮겨져 있는 그 화단은 아이들이 문 열기에는 힘들기도 했고, 한두 번 하다 덥고 힘들어서 안 하겠지 싶어 "그래 너희들만 믿는다."라는 말은 하지 않았다. 웃으며 "그래."라고만 했다.

그런데 지나던 선생님께 그 말을 듣자, 가슴이 뭉클해졌다.

그래서 개학날인 오늘 아침. 지율이와 문찬이를 보고 물었지.

"얘들아, 너희 둘이 화단에 물 준 적 있어?"

"네."

"정말? (내 눈에서 하트 뿅뿅♥) 뭘로 줬어? 호스로 줬어? ^^"

"아니요. 물뿌리개로요."

"세상에, 힘들었겠네. (다시 한 번 하트 뿅뿅♥) 몇 번이나 줬어?"

"맨날 줬어요!"

"진짜? 방과 후 수업 받으러 나올 때마다 다 줬어?"

"네."

"세상에, (♥♥♥♥♥) 더워서 땀 뻘뻘 흘렸겠구나. 너희들이 이렇게 약속을 잘 지킬 줄 몰랐어. 천사들이 따로 없네."

그러니까 두 주사님과 나 외에도 우리 지율이와 문찬이가 꾸준히 물을 주고 있었던 것이었다. 우리 반 식물들은 복도 많다.^^

지율이가 찾은 아시아실잠자리.
내 손에도 살포시 앉았다 날아갔다.

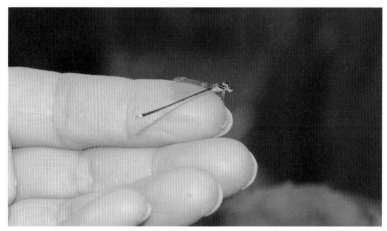

127

걱정이 끝이 없네

비바람이 시작됐다.

종일 바빠 화단 한 번 못 갔다가 퇴근길에 맘이 안 놓여

화단 가서 우산 들고 화분을 이리 옮겼다가, 저리 붙였다가

맨드라미 꺾일까, 목화는 괜찮을까? 벼는? 샐비어는?

아고… 걱정이 끝이 없네.ㅎ 운명에 맡기고 그만 가자.

태풍을 건디고 피어난 샐비어꽃

우리 반에 저런 맨드라미 열한 개 있다

나는 붉은 맨드라미에서 씨를 받았고
그 씨앗을 심은 게 맞네. ㅎㅎ
갈수록 붉어지는 맨드라미.
우리 화단에 저런 맨드라미 열한 개나 있다! ㅎ

태풍 때문에 휴업한 날 아침.
맨드라미, 목화, 벼, 독말풀,
수박풀… 모두 이상 무!

통옥수수 싹

같은 학년 선생님 한 분이 우리 반 화단에 흙을 좀 얻으러 오셔서 거름 챙겨 드리려고 나가 거들다가 신기한 장면을 봤지 뭐야.

깜짝 놀랐네.^^

방학 중, 옥수수 화분 정리할 때 나온 작은 옥수수 두 개.

말라비틀어져 먹기도 그렇고 해서 화분에 그냥 두고 그 후로 까맣게 존재를 잊고 있었는데 글쎄… 요새 비가 많이 와서 싹이 난 거야.

통옥수수에서 이렇게 싹 난 모습 처음 봤어.ㅎ

신기하고 재밌어서 막 흥분했네.ㅎ 내일 애들한테 보여줘야지.^^

하필 그 속으로 굴러갔니

"선생님, 화단 바닥 구멍에 무슨 싹이 났어요."

화단에 나갔던 다연이가 들어와 하는 말에 배수구에서 싹이 났나

하고 가보니 배수구가 아닌 화단 가운데…

나도 저게 무엇인지 모르겠는 작은 구멍에 봉숭아가 싹을 틔웠다.

에구, 하필 그 속으로 굴러 갔니….

봉숭아 싹이 안쓰러운 지현이 손

5학년 친구들에게

참 곱지, 비에 젖은 목화 꽃잎.

목화꽃은 마요네즈 색으로 피었다가 질 때는 저렇게 분홍이 돼.

이건 꽃봉오리, 이건 오늘 핀 꽃, 이게 지고 있는 꽃, 이건 열매.

이 열매가 익으면 툭 터지면서 솜이 나오는 거야.

그 솜 안에 씨앗이 들어있고. 씨앗에 솜이 붙어서 잘 안 떨어지지. ㅎ

그리고 또 예쁜 거 있어. 목화 이파리 봐봐. 여기 잎자루와 연결된

곳에 빨간 점. 포인트로 톡 찍은 빨간 점. 예쁘지.^^

일과 마치고 놀러온 이름 모를 5학년 친구들에게

132

아, 이뻐
- - - - - - -

직접 만든 분꽃귀걸이 차고 돌아다니는 민아 발견.

아! 이뻐!

눈에 쏙 들어오게 이뻐!

사진을 안 찍어주고는 못 배기겠어!

그래서 찍어줬는데 교실서 봐도 넘 이뻐!

그래서 또 찍어주지 않고는 못 배기겠어! ^^

꼬마 손님들

아이들과 원래 화단으로 조금씩 나르던 화분.
어제 무겁고 큰 화분까지 싹 날라 부렸지. 그리고 오늘 전담시간에
화분들 자리 배치랑 바닥 청소까지 싹 끝냈지. 이젠 봉숭아, 옥수수
뿌리 뽑아내고 다시 보슬보슬한 흙 만들어 무, 배추 심으면 되지.
하고 허리 피니 딩동댕동. 쉬는 시간이다.

우리 반 아이들 우르르 쏟아져 나오고 와자지껄해진 화단에 짜잔~
1학년 꼬마 손님들 등장.
와, 화단 정리 끝내자마자 오다니 타이밍도 잘 맞춰 오셨네.^^

"선생님, 화단 구경해도 되지요? 교과서에 맨드라미꽃이 나오거든
요."

"오우, 대환영입니다.^^"

그렇게 꼬마 손님들 줄줄이 들어오시자 우리 반 애들도 구경났지.
꼬마 손님들, 맨드라미 앞에서 맨드라미 찾기 하고 있는데 우리 반

아이들 샐비어꽃을 가리키며

"얘들아, 이 꽃에서 꿀 나온다~"
하고 자랑하듯, 너희들도 맛보라는 듯, 일러준다.

꼬마 손님들 샐비어꽃 꿀 한 번씩 빨고는 분꽃도 보고, 배초향도 보고, 박하잎 뜯어 향도 맡아보고, 목화도 보고, 채송화도, 벼도, 풍선덩굴도 보고 졸졸이 빠져나갔지.^^

방아깨비와 아이들

식생활관 앞, 줄이 길다.

가만 서서 기다리느니 좀 놀다 가자 싶어 분수로 간다.

"와~~" 하고 뛰어가는 아이들.

금세 큰 방아깨비 한 마리를 찾았다. 눈도 밝지.^^

민채는 진탁이가 자기 얼굴 바로 옆에 방아깨비를 들이대고 있는지

도 모르고 해맑게 웃다가 나중에 알고는, 꺄악~~!

짧은 시간 시끌벅적 놀고 밥 먹으러 간다.

어떡할까?

부추가 많이 자랐는데 고민이다.

맘 같아선 부침개를 해보고 싶은데 아이들이 아직 어려서

위험하기도 하고 무리일까 싶어 망설여진다. 괜찮을까.

그냥 내가 부쳐줄까? 저 빨간 고추도 썰어 넣음 좋겠는데.

에잉. 고민하다가, 일하느라 까먹다가, 벌써 금요일.

잘 익은 고추. 손은 성훈이 손

민규와 맨드라미와 풀잠자리 알

점심 먹고 있는데 밥 먹고 교실로 올라갔던 민규가 다시 헐레벌떡
오더니 민규 특유의 말투로

"선생님! 화단에서 어~어~ 풀잠자리~ 알~ 봤어요!" 그런다.

그동안 옥수수에서, 까마중에서, 샐비어에서 발견되었었기에 새로

울 것도 없는 일이었지만, 흥분한 민규의 표정을 보니 저절로 깜짝 놀래졌다.

"정말? 와! 이따 봐야겠다.^^"
하며 아이를 돌려보내고 밥을 다 먹은 후 교실로 갔다.

"민규야, 알 어딨어? 알려줘.^^" 하니
딱지 가지고 놀다 쪼르르 나와 "여기요!" 하고 손가락으로 가리킨 곳은 맨드라미.

"오! 정말이네? 민규 눈 좋다~^^ 민규가 찾았으니까 기념으로 사진 찍어줄게"
사진 찍고 기분 좋은 얼굴로 다시 딱지 치러 가는 민규.

나중에 내가 올라오면 그때 알려줘도 될 것을, 3층에서 오르락내리락 했을 아이를 생각하니 미소가 절로…^^*
'민규야, 너의 그 마음을 사랑한다.'

풍선덩굴 열매 수확하던 날

풍선덩굴 열매를 땄다. 한 사람 앞에 두 개씩.

손으로 잡아당기면 가느다란 줄기가 뜯어질까 봐 가위로 잘랐다.

보현이가 열매주머니가 찌그러졌다고 푸념하길래

내가 입으로 후~ 불었더니 다시 동그래졌다. ㅎ

교실로 돌아와 열매주머니를 관찰하고 가위로 윗부분을 잘라

속 모양을 관찰했다.

주형이가 말했다.

"선생님 큰 방이 한 개, 작은 방이 두 개예요."

방이 세 개라는 것만 보았던 나는

주형이 말에 다시 보니 과연 하나는 방이 컸다. ㅎ

씨앗은 방마다 한 개씩 있는 것도 있었고,

두 개씩 있는 것도 있었다.

나는 지퍼백 작은 걸 하나씩 나눠주고 씨앗을 담게 했다.

그리고 아이들은 내년에 심어보기로 했다.

풍선덩굴은 꽃보다 열매가 재밌는 식물.

심으면 싹도 잘 트고 잘 자라는 착한 식물.

다음 봄에 아이들이 잊지 않고 씨앗을 심을까? ^^

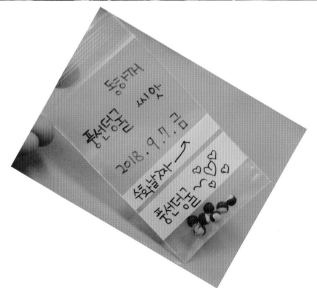

너무 하고 싶었는데…
- - - - - - - - - - - - - - - - - - -

고추장 만드는 시간.

고춧가루와 메줏가루와 식혜를 넣고 노를 젓는다.

고추장 선생님께서 말씀하시길

한 사람당 열 번씩 한 방향으로 저으라고 했다.

아이들은 순서대로 돌아가며 노를 젓기 시작했다.

부지런히 돌아다니며 아이들을 카메라에 담고 있는데 앞쪽에서 누

가 부른다.

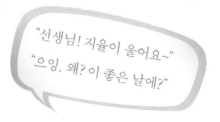

"선생님! 지율이 울어요~"
"으잉. 왜? 이 좋은 날에?"

무슨 일인가 가보니 지율이가 서서 구슬피 울고 있다. 같은 조 친구

들에게 들은 사연인즉슨

그 조의 맨 끝번인 지율이 차례가 오기도 전에 고추장 선생님이 "그

만~"을 외치고 다음 단계를 설명한다고 앞에 보라고 해서란다.

ㅎㅎㅎㅎ 아이고… 얼마나 해보고 싶었으면…🖤🖤🖤

나는 이 어린 영혼이 너무 사랑스러워 몸 둘 바를 몰랐지. 친구들에게
다음 순서엔 지율이를 배려해주자 부탁하니 다들 고개를 끄덕끄덕.

슬퍼서 선생님의 설명이
귀에 들어오지 않는 지율이

이젠 떡볶이를 만들어볼 시간.

지율이가 첫 순서로 고추장을 퍼서 냄비에 넣고 살살 풀었지.

그 후로 집에 갈 때까지 아이 표정은 언제 울었냐는 듯 맑음이었

지.^^

현장체험학습.
순창 고추장 익는 마을

가을현장체험학습

순창 고추장 익는 마을로 체험학습 다녀왔다.

경치 좋은 곳에 자리 잡은 한적한 곳이라 넘 맘에 들었다.

입구에 토실해진 밤송이도,

예쁜 봉숭아 화분들도,

2층의 작은 화단도 예뻐서 부러웠다.

고추장도 만들고

떡볶이도 만들고

비빔밥도 먹고

액세서리도 만들고

집에 갈 땐 아이들 손에

고추장 하나씩 들려 보내고 다 좋았다.

체험이 끝나고는

토끼도 보고 닭도 봤는데,

사육장 안에 무당거미 암컷과 수컷 커플이

두 군데나 있어서 아이들에게 설명해줄 수 있는 것도 좋았다.

게다가 한 암컷은 배가 엄청 불룩~ 임신한 거 같다고,

두 암컷의 배를 비교해보라고 할 수 있어서 더 좋았다. ㅎ

집에 갈 땐 내리막길의 달개비들이 파랗게 배웅해줬다.

아, 그나저나 왼쪽 입안이 헐어서 아퍼…ㅎ

오늘 만든 액세서리. 저게 전자레인지에 들어가면 크기가 반절로
작아지면서 두툼해 진다. 그리고 구멍에 줄을 끼우면 완성. 아이
들 작품이 다 예뻤다. 그 중 내 눈에 들어온 상혁이 글.

얼굴 좀 보여도라

너무 예쁜 유홍초.

잎은 새의 깃털을 닮고 꽃은 아기별을 닮았지.

시골 갔을 때 넘의 집 담벼락에서 씨앗 받아왔었지.

뿌린 지 한 달이 다 되어도 싹이 안 트길래 포기했는데 한 달이 지난

어느 날 홀연히 나타나 나를 놀래켰던 유홍초.

어렵게 싹튼 두 개를 애지중지 키웠는데 높이높이 올라가더니 바깥

만 보고 핀다.

홍초야~ 우리 반 애들한테 얼굴 좀 보여도라~~~^^

아시아실잠자리의 짝짓기

실잠자리가 짝짓기 하고 있어요!

1교시 수업이 끝나자마자 인터폰이 울린다. 연구실로 얼른 오란다.
회의하고 있는데 누가 문을 똑똑 하더니 나를 부른다.
우리 반 성훈이랑 몇몇이 왔다.

"무슨 일이야?"
"선생님, 실잠자리가 화단에서 짝짓기하고 있어요!"

'헛! 얼른 가고 싶다.' ㅎ

하지만 조용히 애들 먼저 가 있으라 하고 회의 끝나자마자 교실로
번개같이 날아서 봤다. 조용히 보라고 했지만 그게 안 되는 아이들
때문에 실잠자리가 벼에 붙었다, 샐비어꽃에 붙었다, 맨드라미 줄
기에 붙었다, 결국 개구쟁이들 피해 짝짓기 자세 그대로 넘실넘실
날아갔다.

'애들 때문에 짝짓기 제대로 됐을까?ㅎ'

내 이름은 줄점팔랑나비

퇴근 전 화단 한 바퀴 도는데 얘를 봤어.
나방인가? 하고 보는데 곤봉 모양의 더듬이를 보니 나비 같아.
몸통이 두툼한 걸 보니 나방 같은데
날개를 접었다 폈다하는 걸 보면 또 나비 같아.
알쏭달쏭 궁금해서 물어보니 줄점팔랑나비래.

흔히 볼 수 있는 나비라는데 난 처음 봤어. 아니.
저 나비의 존재를 처음 인식했다는 게 맞겠다.
이젠 더 이상 모르는 나비가 아니야.
만나면 이름을 불러줄 수 있지.
그게 얼마나 기쁜 일인지 알아?
이름을 불러줄 수 있다는 게 말야.

토란잎 위 줄점팔랑나비

김주대 시인 선생님 학교 오신 날 · 1

아, 설레는 화요일.

오늘은 김주대 시인이 오셔서 아이들과 놀아주시는 날.^^

아침에 주차장에서 만난 2반 선생님이

왜 그렇게 발걸음이 힘차냐 물으신다.

내가 그랬나? ㅎ

김주대 시인께서 그려주신 상혁이와 지율이.
정신이 없으셨는지 9월을 10월이라 쓰셨다.^^

시인 선생님께서 말씀하실 때마다 터지는 웃음들.

작은 시냇물이 재잘재잘 흐르는 듯한,

방정맞은 새떼들이 몰려다니며 까불거리는 듯한 저 웃음들.

어린 아이들과 눈높이를 같이 하며 웃기고 웃는

시인의 개구진 표정.

흐뭇하다.

한 시간 마치고 쉬는 시간.

"시인 선생님 언제 가세요?"

"응. 한 시간 후에.^^"

"잉. 더 오래 있다 가요~"

라며 미리 서운해 하는 아이들이 예뻤고,

제기 차던 아이들이 달려와 차보라고 하자

열심히 제기를 차시던 시인이 예뻤고(^^)

깊은 관심을 보이며 수업 참관을 하셨던 교감 선생님이 멋졌고.

내년에도 내가 쓸 수 있는 돈이 생기면

학기별로 한 번씩 아이들에게

이런 시간을 줄 수 있음 너무 좋겠다는 욕심이 생겼고…^^

김주대 시인 선생님 학교에 오신 날 · 2

시인 선생님은 거꾸로, 반대로, 뒤집어서 생각하기에 대해
알려주려고 하셨다.

"여러분, 선생님 키 작지요?"
그런데 돌아온 대답은
"큰데요?"
"여러분 보단 크지만 작은 거예요."
"아닌데요. 커요."
여기저기서 진지하게 "커요~~ 커요!"
나는 뒤에서 키득키득.
"쑥국 선생님보단 크지만 남자 어른들에 비하면 작잖아요."
이쯤이면 아이들이 수긍을 해야 되는데 맨 뒤에 앉은 우리 ○○이.

"우리 아빠도 그만 해요!"
그러자 기분 좋아해야하는 건지 아닌 건지 헷갈리는 시인 선생님.
"아니, 아직 반대로 말하기 알려주지도 않았는데 반대로 말하니? ㅎ
ㅎㅎ"

 그렇게 수업이 시작되었다.
시인 선생님이 칠판에 글씨를 휘갈기자 어디선가
"글씨 못 쓴다!"
ㅎㅎㅎ주춤해진 시인 선생님.
다시 써보지만 여기저기서
"못 쓴다. 못 쓴다~." ㅎㅎㅎ

재미있게 수업하다가 이번엔 문제를 내신단다. 상도 있단다.
오… 아이들 얼굴에 기대감이 잔뜩. 여기저기서

"상품 뭐예요?"

그러자 씩 웃으시며

"상품은 엄청난 칭찬 ^ .~ "

그러자 우리 반 주형이. 저기 저 주형이.

먹는 거 좋아하는 주형이.

1교시 끝나고부터 배고프다고 노래 부르는 주형이가

고개를 뒤로 젖히고 몸을 비틀며 소리친다.

"아잉 먹을 걸로 주지잉~"

ㅎㅎㅎ

그런데 그 문제의 답을 우리 주형이가 맞췄다는 것.

오. 대단해요~♥

시인 선생님, 주형이를 칭찬하며 하이파이브 했다가

주형이의 엄청난 힘에 손이 다 얼얼해지셨다는 것.^^

소리나 내고 갈 것이지

학교 가자마자 창문 열고 컴퓨터 켜고 화단 둘러보러 나가는데, 마침 도착한 지율이랑 종윤이가 따라온다. 같이 물을 주고 나서.

"얘들아, 박이 크려나 봐. 저기 봐. 울타리 맨 끝에. 그동안 열매가 못 크고 자꾸 떨어지더니 쟤는 클 것 같지 않아?"

"선생님. 박도 먹을 수 있어요?"

"그럼. 선생님이 태안에서 박속낙지탕이라는 걸 먹었는데 무 썰듯이 박을 얇게 썰어서 낙지탕에 넣더라고. 엄청 맛있었어. 또 먹고 싶다. ㅎ"

"선생님, 근데 작두콩은 언제 따요?"

"그러게? 다 익으면 껍질이 황토빛으로 변하려나? 그럼 그때 따면 될 텐데. 모르겠네? 한번 알아보자."

그리고는 오른쪽으로 살짝 이동하여

"얘들아, 여기 봐. 수세미 잘 자라지. ㅎ 하나, 둘, 셋, 넷. 네 개나 달렸다. 어! 아니네. 여기 또 있다. 와, 다섯 개나 열렸다! 물 자주 줘야

10월의 풍선덩굴과 수세미와 작두콩

겠다. ㅎㅎ

수세미는 진짜 수세미처럼 쓸 수 있다는데 얼른 크면 좋겠다.

에구, 나팔꽃은 이제 시드네. 이쪽 애들은 심지도 않았는데 방학 때 자기들끼리 알아서 나서 잘 컸다니까. 근데 지난 주말에 물이 부족했는지 잎이 누렇게 됐더라고."

하고 옆을 봤는데…ㅠㅠ 세상에나.ㅜㅜ

이것들이 언제 소리도 없이 갔는지 나 혼자다.

내가 언제부터 혼자되어 떠들어대고 있었는지도 모르겠다.

ㅠㅠ

이것들이! 소리나 좀 내고 갈 것이지…ㅎㅎㅎㅎ

맨드라미 씨앗

맨드라미가 빛을 잃기 시작하여 거두던 날,
민규가 들고 있던 맨드라미 속에서
연둣빛 작은 풀잠자리가 나와 날아갔지.
맨드라미 거두던 손길 멈추고 날아오르는 풀잠자리 따라
우리들 눈길도 너울너울 날아올랐지.

맨드라미 씨앗

머리에 노린재를 이고 온 민채

제기 연습하러 시똥 화단에 갔다가

더워서 교실 들어왔는데

민채 머리에 벌레가 있다고 서연이가 말하더래.

벌레????!!!!

너무 놀란 민채, 반사적으로

"으아아악~!"

소리를 지르며 머리를 흔들어 보지만

떨어지지 않더래.

꼭 '접짭제(민채가 오늘 시에 이렇게 썼어^^)' 로 붙여놓은 것 같더래. ㅎ

민채 혼이 반쯤 나간 상태에 이를 즈음

지율이가 구세주처럼 나타나 떼어줬대.

그 벌레가 도대체 뭐였냐고?

보니까 노린재야.

노린재 중에서도 왕침노린재 수컷.^^

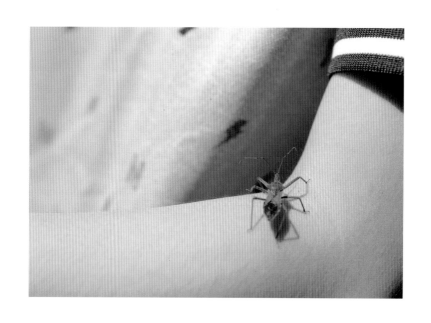

지율이 팔에 왕침노린재 수컷

딱 하나 열린 패션푸르츠

달랑달랑 반들반들

올봄, 해남 갔다가 농사짓는 동네 언니헌티서
패션푸르츠 모종을 세 개 얻어다 심었는디,
두 개는 피들피들 히말테기가 없어서 뽑아 불고,
한 개만 길렀제.
근디 야가 위로 오르다 오르다 더 이상 오를 곳이 없응게
이젠 옆으로 기드라고. 아니 어찌된 것이
오르고 길 줄만 알지 꽃 피울 생각을 안 헌디야?
거참 이상허시…
해남 언니네는 저렇게 안 오르고 안 기고
꽃도 잘 피고 열매도 주렁주렁이라는디.
그리서 뭐 열매 보기는 포기를 허고 키운 정으로 물만 줬제.
근디 야가 기다기다 갈 곳이 없응게 긍가
막판에 꽃을 피우고 열매를 달았지 뭐여.
지난주 금욜까지만 혀도 아무도 몰랐는디
토욜에 물 주러 나와봉게 하나가 달랑달랑 하드라고.
반들반들 갓난 애기 얼굴맹키로 이쁘장혀.
ㅎ봐봐. 이쁘제?

우리 반 단골손님

우리 반에 단골손님 생겼다. ㅠ
누구냐면 참새 세 마리.
그놈들이 틈만 나면 와서 벼를 쪼아 먹다가
인기척이 들리면 울타리로 후르르 날아간다.
어떨 땐 암 생각 없이 논 옆을 지나다
갑자기 날아가는 그놈들 때문에 나 혼자 놀라기도 한다.

첨에 논 가장자리 벼들이 줄기가 꺾여있고 껍질이 바닥에 뒹굴 때,
난 벼가 병들었나 했다.
그런데 퇴근 전 화단 한 번 둘러보려고 나가는데
논에서 한 마리가 나와 도망가는 거다.
그래서 저놈이 나락을 까먹는 거구나! 했는데
그 뒤에 또 한 놈,
그리고 또 한 놈. 허허~

이놈들 틈만 나면 오는디.
이 깜찍하고 얄미운 놈들을 으째야 쓰까? ㅎㅎㅎ

피 위에서 본
알락수염노린재

참새야 이거 먹어

참새야. 이거 유기농 백미여, 유기농~

게다가 껍질도 다 까져있다잉, 아조 먹기 좋제.

그랑게 요거 묵고 우리 반 벼는 좀 그만 묵어.

하고 놓아놨더니 많이 먹었다.

쌀이 부스러져있는 걸 보니 쪼아 먹긴 한 거다.

근데 여전히 화단 나가면 논 속에서 나와 푸드덕 날아간다.

우리 반 벼가 더 싱싱하고 맛있나 보다.ㅜㅜ

그림 : 강민채

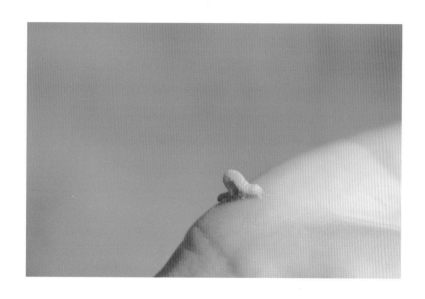

자벌레

물뿌리개 속에서 건져낸 자벌레.
종윤이랑 문찬이 아니었으면 익사할 뻔한 자벌레.

그렇게 안 이뻐?
- - - - - - - - - - - - - - -

오늘 아침.

이상하다. 애들이 뭔가 반응이 있어야하는데…?

반응이 없어서 내가 먼저 묻는다. 흠.

"얘들아, 선생님 뭐 변한 거 없어?"

"있어요! 머리 잘랐어요!"

"근데 왜 다들 암말도 없어? 안 이뻐?"

"네, 긴 머리가 이뻐요."

"헙, 긴 머리가 낫다고 생각하는 사람 손~"

헐. 다 든다. ㅠ 세상에. 여자애들까지도. 그렇게나 안 이쁜가?

그래도 그렇지.

다들 왜케 솔직한 겨? 니들은 아부할 줄도 모르냐?

씨잉, 미용실 아저씨는 이쁘다고 했단 말여. ㅠㅠ

그리고 오늘 헤어지며.

"얘들아, 내일 한글날이니까 국기 달고 수요일에 봐."

했더니 혜린이가

"네, 선생님 머리 많이 길러 오세요~" 그런다.

흐이구. ㅠ

우리 반 허수아비 중 한 아저씨.
오늘 내 표정이다.

맨드라미 프로포즈

이런 프로포즈 보셨나요?ㅎ

남자가 남자한테 하는 프로포즈.

맨드라미 프로포즈.^^

연출 : 유상혁.

아름다운 거미줄

안개 자욱하던 아침. 화단에 가니 저렇게나 멋진 거미줄이 보인다.

아침 일찍 온 부지런한 친구들과 함께 본 거미줄.

멋있어서 감탄하며 올려다본 거미줄.

아이들이 그림 같다고 한 거미줄.

우리 반 화단에서 태어난 무당거미의 작품일까?

노랑배허리노린재

식생활관 앞 줄이 길어서 아이들 데리고 모과나무에게 갔다.
작년엔 해거리를 했던 건지 얼마 안 달렸던 모과가
올해는 주렁주렁 달렸다. 큰 사과처럼 생겼다고,
고개를 젖혀 올려다보며 우린 말했다.

민규가 모과를 주웠다고 가져왔다.
꼭지 부분만 빼곤 다 썩은 아주 작은 모과였다.
꼭지 쪽에 코를 대니 향긋하다.
까맣게 썩어 들어가지만 아직 향기를 풍기고 있는 모과. 애틋하다.
나는 곁에 있는 아이들마다 향기를 맡게 했다.

민아가 갑자기 부른다.
붉게 단풍 든 화살나무에 노린재가 있다고 부른다.
가서 보니 처음 보는 노린재다.
배가 노랗고 다리는 희한하게도 반절은 흰색, 반절은 검은색이다.
말끔한 양복을 차려입은 듯한 멋쟁이 노린재다.
자세히 보니 더듬이 끝부분이 붉다. 무슨 노린재일까?

아이들이 물어봐도 모르겠기에

노린재 도감 찾아봐서 알려줄게 했는데,

점심 먹고 교실 들어오니

(박)서연이가 이름 알아냈다고 나를 반긴다. "어떻게 알았어?" 하니

교실에 있는 곤충도감에서 찾았단다.

"와, 대견해. 그래서 이름이 뭐야?" 하고 물으니 도감을 펴 보여준

다. "아, 정말 맞네. 우리가 본 노린재.^^"

기특해라. 이젠 먼저 찾아서 선생님한테 알려주는구나. ♥

민아 손 위의 노랑배허리노린재.
화살나무, 참빗살나무, 노린재나무 등에 산다.

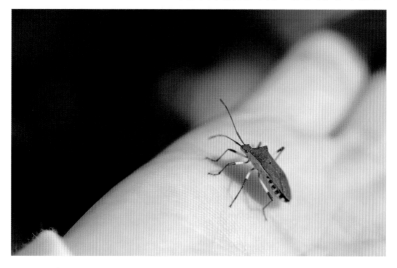

학습발표회 리허설 하던 날

학교에서 예술의 전당 가는 길에 두 놈 싸워서 한 놈 울고, 들어가서 또 싸워서 한 놈 눈 불그름해지고, 아이들도 나도 정신없던 학습발표회 리허설.
학교로 돌아오는 길엔 나부터 여유 좀 찾자고 주변 나무들을 본다.

"애들아, 저기 붉은 열매 달린 작은 나무 보이니? 포도송이처럼 달린 거 말야. 그거 이름이 남천이야. 저 위에 눈이 내리면 참 예쁘겠지?"
"여기 주황, 빨강 열매가 덕지덕지 붙은 것도 보이지? 이건 피라칸타고."
"화살나무 단풍이 붉네."

하며 다가가보니 지난번 학교 화살나무에서 보았던 노랑배허리노린재가 있다. 아이들에게 알려주니 눈 밝은 아이들 여기저기 많이 있다고 손가락으로 내게 알려준다.

"선생님, 근데 여기 이상한 거 있어요!"

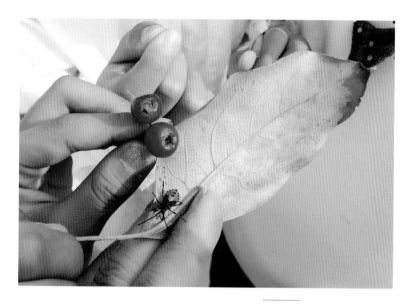

노랑배허리노린재 유충과
피라칸타 열매

뭔데? 하고 보니 노랑배허리노린재 주위에 유충으로 보이는 것들이
꿈실꿈실 모여 있다.

"얘들아, 얘네들 노랑배허리노린재 유충 같애. 그러니까 얘는 어른
이고 이 작은 애들은 아직 어린이인 거지. 봐봐. 날개가 아직 없잖
아. 이쁘네. ㅎ"

이렇게 꿀을 빨아 먹는구나

지난번 보았던 줄점팔랑나비가 또 우리 화단을 찾아왔다.

우리가 보고 있어도 도망가지 않는다.

"와, 대롱 길다."

"대롱이 저렇게 ㄱ자로 꺾이는구나."

"나, 나비가 꿀 먹는 거 처음 봐."

"나도"

우리는 화분 앞에 쭈그리고 앉아서 신기하다고 도란도란.

나비는 맛있다고 쫍쫍 꿀 빨아먹는 금요일 오후.

자두나무 잎이 다시 났어요

자두나무의 마지막 두 잎새가

서로 업고 업혀 지그재그로 지고 난 다음 날.

헐벗은 자두나무에 각양각색의 나뭇잎이 달려 있다.

우리 지율이가 달아줬대.

나무가 쓸쓸해보여서 달아줬대.

천연수세미 만들기

사다리에 높이 올라가 벌벌 떨면서 딴 수세미. ㅎ

난생처음 천연 수세미 만들 생각에 아이들도 나도 들떴지.^^*

자, 지금부터 수세미를 만들어볼게.^^

학교 행사로 괜히 바빠 수확
시기를 놓쳐 세 개를 썩히고
여섯 개 따 접시에 가지런히^^

잘 익은 수세미에서는 까맣게
익은 씨앗이 뚝뚝 떨어져.
자세히 보면 색도 무늬도 참
예뻐.

냄비에 넣고 팍팍 삶아.
미술작품 만들던 아이들이
냄새에 이끌려 하나둘 뚜껑을
열어보며 코를 쿵쿵.
"흠~ 옥수수 냄새 난다아~"

흐물해지면 꺼내서 껍질을
벗기면 돼.

홀렁홀렁~ 잘도 벗겨지네.^^

삶은 수세미에서 빠져나온
씨앗을 들고 있는 서연이와, 껍질
벗긴 수세미를 들고 있는 서연이.
박서연과 김서연이^^ 울타리에
수세미 너는 걸 도와주었지.

집게로 바람 잘 통하는 곳에
널어두니 그 다음날 파싹
말랐네. ^^

진분수 가분수 대분수

'진분수 넘어 가분수 배우는 시간'

"봐봐. 얘들아. 얘는 분자가 분모보다 크지? 머리가 더 크잖아. ㅎ 그래서 사람들이 몸에 비해 머리가 큰 사람을 우스갯소리로 가분수라고 하지. 키키. 근데 너희들 그런 사람 만났다고 해서 앞에다 대고 가분수라고 말하면 안 된다이? 그런 건 속으로만 생각허는 거여. ^.~"

그때 주형이가 두터운 목소리로 불쑥

"선생님. 그럼 저는 가분수예요?" 하고 묻는다.

"어? 아니, 가분수라고 하기엔 부족해. 좀 더 분발해. ㅎ 어디 보자… (쑥국 선생, 눈을 가늘게 뜨고 아이들을 쭉 훑어본 후) 음…우리 반은 다 진분수들만 있구만.^^"

그랬더니 소은이가 가방에 그려진 여우 그림을 번쩍 들어 보이며

"여기 가분수 있어요!" 한다. 그랬더니 여기저기서 짱구, 도라에몽 등 가분수인 만화 주인공들을 대느라 한바탕 소란스럽다.

"하하, 맞다 맞다. 개네들 다 가분수네. 그러고 보니 가분수 주인공들은 다 귀여운 애들이네. 너희들도 분발해.^^"

'이번엔 대분수 배우는 시간'

상혁이가 친구들을 둘러보며 장난기 어린 얼굴로
"대분수는 배가 나왔다." 하고 말한다.
나는 칠판에 문제를 쓰다말고 깔깔 웃었지.
"하하, 맞아. (분필로 대분수의 자연수 부분에 둥근 배 라인을 그리며) 대분수
는 D라인이다. ㅎ"
그랬더니 또 주형이가 기다렸다는 듯 묻는다.
"선생님, 그럼 저는 대분수예요?"
하… 고민에 빠지게 하는 주형이의 질문.
진지하게 물어보니 괜히 긴장되네….
그렇다고 해줘야 해, 아니라고 해줘야 해?
주형이의 질문의 의도가 무엇인지 헷갈리는 쑥국 선생.
잠시 고민하다가 솔직하게 말해주기로 작심하고.
"응. 우리 주형이는 배가 살짝만 나왔으니까 애기 대분수네?"
했더니 궁금증이 풀리기라도 한 것처럼 씩 웃고 만다. 휴…ㅎ

작두콩 따는 아이들

낮은 사다리 펴고 올라가 작두콩을 땄다.

풍선덩굴도 땄다.

작두콩 줄기는 얼마나 단단한지

가위로도 잘 안 잘려 손으로 돌돌 돌려 따기도 했다.

사다리 타는 걸 의외로 재밌어해서

결국 모든 아이들이 다 한 번씩 올라가 땄다.

사다리 처음 타본다는 아이들이 대부분이었는데

무서워하는 아이들,

호기롭게 꼭대기 위에 올라서는 아이들,

한 번 더 하고 싶다고 줄 서는 아이들.

모두모두 예뻤다.

이날 아이들은 작두콩 들고

총싸움, 칼싸움 한다고 교실을 휘젓고 댕겼다. ㅎ

이른 아침, 다른 아이들은 큰 거
따는데 자기는 작은 거 딴다고
아쉬워하던 지율이^^

해바라기와 아이들

씨앗으로 만나 다시 씨앗을 보았네.

아이들 손에 하나씩 주고 심게 했던 때가 정말 엊그제 같은데 그 씨앗들이 싹을 틔우고 높이높이 자라 꽃을 피우고 이렇게 다시 씨앗으로 돌아왔어. 화분을 옮기다 허망하게 두 송이가 꺾이는 아픔도 있었지만 나머지는 건강하게 자라주어서 그 또한 감사해.

오늘 해바라기 씨앗을 먹었는데 아이들이 생각했던 것보다 너무 잘 먹어서 놀랐어. 쉽게 까먹는 방법을 알게 됐다고 나름 비법을 알려주는 아이, 동생 주고 싶다고 챙겨간 아이, 벌레가 파먹은 씨앗 모양이 코빼기 신을 닮았다고 보여주는 아이, 고소하다고 계속 가져가 먹는 아이들. 내년에 심겠다고 챙겨간 아이들.

하지만 하나는 아껴두었어.

너무 예뻐서. 다 먹어 버리기엔 너무 아까워서.

더 두고 보다가 내년에도 심고, 심고 싶은 아이들도 나눠주려고.

해바라기와 아이들.
수업 마치고 교실서 놀던 아이들을 찍었다.

나락 베던 날

오늘 나락 벴다.
참새한테 다 털려 낟알이 진짜로 하나도 남아나질 않았지만
그래도 벴다.
한 명 한 명 다 벴다.
낫이 익숙하지 않아 나락을 반 줌씩 잡아 두 번씩 베었다.
혹여나 낫질하다 다칠까 봐 일일이 같이 잡고 베었더니

아이고 더워! 나는 칭칭 두르고 있던 목도리를 벗어버렸다.

사진을 찍어주고 싶었지만 못 하겠기에 몇 컷 찍다

다연이에게 사진기를 맡겼더니 찍어도 되냐 묻는다.

그러라고 했더니 저리 찍어 놨다.

지현이와 내가 나락 베느라 허리가 고부라진 사이

아이들은 저러고 있었구만! ㅎ

오늘 무 뽑았다

오늘 무 뽑았다.

원래는 진도 나가기 바쁘고 연이틀 비가 와서 나중에 뽑을 생각이었는데, 오늘 5교시에 지율이가 반 대표로 나간 줄넘기 대회에서 평소보다 실력 발휘를 못해 시무룩한 게 짠해서 기분 전환시켜주고 싶어 오늘 뽑았다. 내일부턴 영하로 떨어진다니 이래저래 오늘 뽑는 게 낫겠다 싶었다.

게다가 반짝 해도 떴다.

뽑을 무는 다섯 개인데 너도나도 다 하고 싶어 하니 어쩐담?

"얘들아, 우리 지율이는 무조건 뽑게 해주는 게 어때? 지율이가 정말 잘했었는데… 오늘은 너희들도 보다시피…^^;; 위로도 할 겸 말이야."

그랬더니 다행히 모두 찬성. 그리고 나머지 넷은 뽑기로 뽑았다. ㅎ

큰 화분에 심은 무 다섯 개 뽑고 있는데 누군가 작은 무들도 뽑아도 되냐고 묻는다.

"그래? 한 번 뽑아봐." 했더니 뽑았는데 "아휴 귀여워".

그랬더니 우르르 몰려들어 하나씩 뽑아든 아이들.

아이고, 정신없어라. ㅎ 그래도 사진은 남겨야지.

"자, 서 봐.^^ 뒤로 가봐. 더~ 뒤로.

자꾸 나한테 오지 말고 뒤로 가라고~~~~ 사진기에 안 잡힌다고~

진탁아, 가운데 쪽으로 좀 와봐. 니가 안 보여.

서연이도. 아니 왜 자꾸 바깥으로 가. ㅎ

안쪽으로 오라고오~~~ 아고 추워.

어서 찍고 들어가게~~~"

ㅎㅎㅎ 그렇게 겨우겨우 찍은 사진. ㅎ

아니, 그런데 나머지 여섯 명은 어디 간 겨? ㅎ

얼음장으로 스케이트를 타자

고무 논에 얼음이 얼고 노랑어리연꽃이 자라던 항아리 뚜껑 연못에
도 얼음이 얼었다. 나 이런 거 좋아.^^
그런데 나는 그냥 신났는데 아이들은 얼음장을 깨서 실내화 밑에
깔아 스케이트를 타고 놀더라니까. ㅎ
암튼 아이들은 작은 걸로도 재밌게 놀 줄 알아.
우리 성훈이, 얼음 가지고 놀더니 얼음 시를 써왔네.^^

얼음

정성훈

추워서 얼음!
더워도 얼음!
놀라도 얼음!

무전 · 배추전

헉. 어떡해. 배추 얼굴이 시퍼렇게 질렸네. 나는 출근하자마자 아이들과 서둘러 배추를 뽑았다. 아이구, 손 시라. 흙도 얼었어. ㅎㅎㅎ 화단에 놀러온 5학년 예지도 일손을 거들고 옆 반 윤이도 뽑는다고 작은 손을 보탠다. ㅎ

1교시. 아이들 전담수업 받는 동안 나는 부지런히 배추를 씻고 지난번 뽑은 무를 잘라 살짝 쪄 놨다. 그리고 2교시. 아이들에게 무의 효능과 안전사고 예방에 대해 장광설을 늘어놓는데 글쎄 밀가루 물을

가져오기로 한 (박)서연이가 고추장을 가져왔단다. 아니 웬 고추장? ㅎㅎㅎ

"얘들아, 이쪽 모둠에 밀가루 물이 없는데 어떻게 하는 게 좋을까?"

"한 명씩 다른 모둠으로 가요."

"아, 그런 방법도 있겠네. 그런데 다섯 명씩 하면 넘 많잖아. 너희들 고사성어 중에 '십시일반' 이라는 말 알아?"

"몰라요~."

나는 한 자 한 자 뜻을 알려주고 의미를 설명하고 나서 그릇에 한 국자씩, 많은 곳은 두 국자씩 보태게 했다. 그랬더니 한 그릇이 금세 채워졌다.^^

그리고 드디어 시작.

가스버너에 부탄가스 넣는 것부터 시작해서 끝 정리까지.

3학년이라 불과 기름 쓰는 요리실습 불가능할 것 같아 할까 말까 고민 많이 했는데, 안 했으면 서운할 뻔 했다.

어찌나 재밌게 하고 맛있게 먹는지 나는 아이들이 혹시나 뜨거운 기름에, 팬에 델까 신경 쓰느라 정신 없으면서도 넘넘 기분이 좋았다.

"재밌다, 맛있다, 나 요리사 돼야겠어!" 이런 소릴 들으며 돌아다니다보니 힘든 줄도 몰랐다. 잘 먹는 아이들이 기특하고 예뻤다. 특히 배추전을 잘 먹어서 배추는 하나도 남지 않은 데다가 남은 밀가루까지 부쳐 핫케이크 같다며 먹었다.

토끼의 재판

연극 연습이 한창인데 1분단 애들이 어찌 어슬렁거리기만 하고
연습을 안 하고 있다.

"아니, 너희 분단은 왜 연습 안 하고 있어?"

"선생님~ 경아가 호랑이 하기 싫대요."

"뭐여? 낼 모레가 연극날인데 지금 못 한다고 하면 어떡해."

"몰라요. 자꾸 저랑 바꿔달래요."

"지율이가 뭐 맡았지?"

"토끼요."

"아니, 토끼가 호랑이보다 크면 어떡해. 토끼가 호랑일 잡아먹겠
다."

호랑이가 대사가 넘 많다고 토끼를 맡은 삐삐 마른 지율이한테
역할을 바꿔달라고 했다는 거다. ㅋㅋ

목소리도 걸걸하고 등치도 좋은 경아가 딱인데.

하고 싶다고 할 땐 언제고 이게 뭔 일이여.

게다가 지금 역할을 바꾸면 지율이는 또 언제 대사를 외우냐고. ㅠ

"내가 그랬지? 주인공 맡으면 대사가 많으니 그거 생각해서 역할 정
하라고. 그거 알고 맡았잖아. 그러니까 책임감을 가지고 해야지. 대

호랑이 의상은 경아가 준비
해온 것. ^^

사 다 못 외우면 우리가 살짝살짝 알려줘도 되고. 이제 와서 못 하겠
다고 하면 어떡해."

했는데도 꿈쩍도 안 한다.

"하이고…지율아, 지율이는 어떻게 하고 싶어?"

물었더니 바꿔주겠단다.

"괜찮겠어? 대사 외울 수 있겠어?"

하니 끄덕끄덕한다. 그렇게 바뀐 역할로 오늘 연극했다.

비리비리한 호랑이가 궤짝에 갇혀 더듬더듬 대사를 치고

- 중간 생략 -

나그네와 호랑이는 지나가는 토끼에게 마지막으로 묻기로 한다.

그러자 호랭이 같은 토끼 등장.

토끼가 어슬렁어슬렁 다가서며 걸걸한 목소리로

"누가 누구를 잡아먹으려고 해요?"

하자, 호랑이가 자기도 모르게 한 걸음 뒤로 비칠.

그걸 보고 다들 킥킥킥. 본인들도 웃긴 지 킬킬킬.

사진 찍는 나도 웃겨서 킬킬킬. ㅎ

항아리뚜껑 연못의 최후

"선생님~
항아리 연못 깨졌어요!!!"
'뭐라고?!'

1교시부터 생일잔치하기로 한 날.

몇몇 아이들과 분주히 생일상을 차리던 나는 화단에서 들려오는 다급한 소리에 심장이 뚝 떨어지는 경험을 했다.

내가 못 살어. 골동품 집에서 9만 원에 달하는 거금 들여 산 항아리뚜껑을 기어코 깨먹은 거여.

연못 만들라고 사온 거였는디 연못에 언 얼음을 호미로 깨고 놀다 깨먹은 거여. 비싸서 몇 번을 망설이다가 자연스럽게 휜 테두리가 마음에 들어 발걸음이 안 떨어지는 바람에 큰 맘 먹고 산 건디…,

그 속에서 플라나리아도 거머리도 올챙이도 도룡뇽도 살고 부레옥잠도 물배추도 살았었는디. 노랑어리연꽃도 살고 방울실잠자리도 태어났었는디 이놈들이 결국 일을 냈구만.ㅜㅜ

범인 두 놈이 주춤주춤 내 앞에 섰어.

생일 초를 든 채로 도끼눈이 된 나는 쨍한 목소리로 말했지.

"내가 항아리 연못 얼음은 깨지 말라고 했어 안 했어. 고무 연못만
깨라고 했어 안 했어. 잘못하면 깨지니까. 엉? 들었어 안 들었어?!"
"들었어요…."
"들었는데 왜 했어?"
두 놈은 입을 오므린채 눈만 끔벅끔벅.

하지만 생일 맞은 친구들 앞에서(다행히 두 놈은 생일 맞은 놈이 아니었음)
선생님이 계속 인상 쓰고 있음 어떻게 되겠어.
가까스로 도끼눈을 거두고 생일잔치를 시작했지. ㅎ

노래를 하고 촛불을 불고 사진을 찍고 먹을 걸 나누고 연극을 하고
제기대회를 하느라 잠시 충격을 잊고 있다가 모든 게 끝나자 슬그
머니 또 화가 났어.
보니까 이놈들은 나한테 혼난 것도 잊은 채 시종일관 싱글벙글이잖
여? 선생님 속은 뒤엉자린디 말여. ㅠㅠ
나는 놈들을 불러다 박살난 연못을 수습하라고 명했지.
그래서 치우겠다고 화단에 나갔는데. 그런데,
항아리 뚜껑과 바닥이 붙은 채 꽁꽁 얼어 안 떨어지는 거여.

아이구, 벌도 못 주겠네잉.

"2월 달에 날 풀어지면 그때 치워!"라고 했지만

2학기에 새로 오신 주사님께서 방학 중에 날 풀리면 치워주시겠다
고 했다.

감사합니다. 주사님…ㅠㅠ

참, 범인이 누구냐고? 궁금해? 바로 요놈들이지.

간식바가지 뒤집어쓰고 재밌다고 웃는 두 놈.^^

마지막 수확

올해 마지막 수확을 했다.
울타리 맨 꼭대기에 있는 유홍초 씨앗과
높아서 다 따지 못했던 풍선덩굴과
늦게 늦게 피어난 목화솜꽃.

아이들은 그사이 더 용감해져서
높은 사다리에도 아무렇지 않게 올라섰다.

늦깎이 목화솜까지 따고 보니 정말
한 해가 저물고 있음을 느낀다.
나를 키우고 아이들을 키운 시똥누기 화단.

교실에서 으르렁거린 일 있었어도
화단에서 우린 서로를 보며 웃을 수 있었다.
고맙고 고맙고 또 고맙다.

살아 있는 존재의 발견과 탄성

김승환 전라북도 교육감

3학년 5반 담임 송숙 선생님이 쓴 이 책은 교단일기입니다. 교단일기는 당연히 교사가 쓰는 것이지만, 무엇을 쓸 것인가, 어떻게 쓸 것인가에 대해서 정해진 원칙은 없습니다.

정해진 원칙이 없기 때문에, 아무 의미 없이 사무적으로 쓸 수도 있고, 사람들에게 잔잔한 감동을 주는 글을 쓸 수도 있습니다.

이 책은 교사 송숙의 삶과 그가 가르치는 아이들의 삶을 담고 있습니다. 그 삶은 교실과 수업과 학교로 이어지는 시공간에서 펼쳐지는 삶입니다.

정지되어 있는 듯하면서도 움직이는 삶이고, 움직이는 것 같으면서도 정지되어 있는 삶입니다. 그 속에 아이들의 숨소리가 있고, 뭔가를 알고 싶어 하는 지적 호기심이 있으며, 그것을 지켜보며 때로는 웃음을 때로는 한숨을 짓는 교사의 깊은 호흡이 있습니다.

3학년 5반 아이들은 교사 송숙을 바라보면서 새로운 것을 발견하는 시간을 이어갑니다. 그 새로운 것에는 지적 탐구만 있는 것이 아니라, 살아 있는 존재의 발견과 탄성도 있습니다.

아이들은 곤충과 대화하고, 꽃을 돌보며, 흙의 힘을 깨닫습니다. 누구나 말하지만 누구도 자신있게 설명하지 못하는 4차 산업혁명의 소중한 가치 하나를 터득해 갑니다. 그것은 생태 감수성입니다.

저는 추천사의 앞머리에서 '이 책은 교단일기'라고 했습니다. 더 정확히 말한다면 이 책은 교단일기이자 아이들 일기입니다.

최근 몇 년 사이에 교육전문가들은 앎과 삶의 일치를 마치 하나의 구호처럼 말하고 있습니다. 삶과의 연계성이 없거나 약한 지식을 대할 때 아이들은 배움의 흥미를 잃어버리고 맙니다. 학습은 즐거움의 나이테를 쌓아가는 시간이 아니라, 시험이라는 지긋지긋한 집단 목표를 향해 가는 노동에 불과합니다.

교사 송숙과 만난 아이들에게 수업은 삶의 즐거움을 경험하고 서로 나누는 평화로운 놀이터입니다.

「이번엔 대분수 배우는 시간」에 나오는 이야기입니다.

상혁이가 친구들을 둘러보며 장난기 어린 얼굴로

"대분수는 배가 나왔다." 하고 말한다.

나는 칠판에 문제를 쓰다말고 깔깔 웃었지.

"하하. 맞아. (분필로 대분수의 자연수 부분에 둥근 배 라인을 그리며) 대분수는 D라인이다. ㅎ

그랬더니 또 주형이가 기다렸다는 듯 묻는다.

"선생님, 그럼 저는 대분수예요?"

작은 것에 대한 관찰력을 키우고, 생명의 신비에 눈을 뜨다가 교과서로 가는 시선에 실바람이 일어나는 아이들의 모습이 「선생님 이거 뭐예요?」라는 제목의 글에 드러나고 있습니다.

"선생님, 이거 뭐예요?!"

나는 놀라서 더 크게 소리쳤다.

"와! 무당벌레 애벌레다!!!"

그랬더니 또 옆에서 한 무리의 아이들이 소리친다.

"선생님, 여기로 와보세요! 이거 뭐예요?!"

나는 키 작은 소나무로 옮겨 아이들이 가리키는 걸 보고는 기뻐서 더 크게 외쳤다.

"와! 이건 무당벌레 번데기야!!! 봐봐 얘는 안 움직이지? 여기서 나

중에 어른 무당벌레가 나오는 거지! 와! 여기 많네~~니들 눈 좋다아
~~!!!"

송숙 선생님을 만난 아이들에게 꼭 해 주고 싶은 말이 있습니다.
"송숙 선생님을 만난 군산푸른솔초등학교 3학년 5반 어린이 여러
분! 여러분들은 세상에서 가장 보배로운 선물, 선생님 선물을 받았
어요. 그 선물을 잘 간직하며 배우고 성장하세요."